사서교사의 하루

박
미진

안
현정

김
다정

김
선애

김
승수

김
윤화

문
다정

정
지원

사서교사의 하루

학교도서관에서 보낸
고요하고 왁자한 순간들의 기록

사우

우리가 잘 몰랐던
사서교사들
이야기

이금희(전 국어과 수석교사, 『이금희의 국어수업』 저자)

학교에서 생활하면서 유난히 지치는 날이면 도서관을 방문
하곤 했습니다. 유리창 너머로 건너온 햇살이 길게 내려앉은
공간, 수많은 책이 고요히 앉아 있습니다. 100번대 철학 코
너부터 800번대 문학 코너까지 제목을 손가락으로 짚으며
천천히 걷습니다. 학생들은 수업 중이고, 가끔 운동장에서
학생들 소리도 들립니다. 책으로 가득찬 공간에서 고요히 책
을 정리하시던 사서 선생님이 저와 눈이 마주치자 살짝 웃어

줍니다.

　학교마다 도서관이 정비되면서 국어 선생님들이 어설프게 관리하던 도서실에 진짜 주인이 들어왔습니다. 사서 선생님은 오시자마자 오래된 묵은 책을 하나하나 정리하고, 칙칙하고 먼지 냄새나던 공간을 파릇파릇 생기 있게 만들었습니다. 알록달록 화사하게 밝아진 공간에 신간 도서가 수백 권씩 들어오고, 다양한 독서 행사가 이어집니다.

　많은 학생이 도서관에 옵니다. 쉬는 시간, 점심 시간에 학생들이 몰려와 책을 뒤적이고, 까르르 웃으며 이야기를 나누고, 선물처럼 고이 책을 안고 교실로 돌아갑니다. 매일 오는 학생도 제법 있습니다. 학생들은 바쁜 선생님의 눈을 붙잡아 이런저런 이야기를 나눕니다. 사서 선생님은 학생에게 책을 권해주기도 하고, 학생이 말하는 이야기를 고개를 끄덕이며 들어줍니다. 무언가 비밀스러운 이야기를 나누는지 목소리가 낮아지기도 하고, 빛가루처럼 웃음이 피어나기도 합니다. 도서관에서 편안한 웃음을 짓는 저 학생, 수업 시간에 거의 아무것도 하지 않는 학생임을 저는 압니다. 그 학생에게 도서관은 교실과는 다른 곳인가 봅니다. 만약 이곳에 책만 있다면 이렇게 찾아올까? 그렇지 않을 것 같습니다.

추천사

선생님들은 동료 교사와 함께 수업을 고민하고, 소소한 일상사도 나눕니다. 하지만 학교에 한 분밖에 안 계시는 사서 선생님은 거의 모든 일을 혼자 해결합니다. 물론 다른 학교 사서 선생님들과 수시로 업무 협의를 하지만, 그 공간에는 오로지 선생님 혼자 계십니다. 누구는 혼자 있어 얼마나 좋냐고 말하지만 그만큼 책임감이 만만찮을 것입니다. 그래도 내색하지 않고, 언제나 일하던 손을 멈추고 환하게 웃어줍니다.

　"선생님, 시간 있으세요?"

　"그럼요, 어서 오세요."

　그때는 몰랐습니다. 사서 선생님들이 얼마나 많은 일을 홀로 하고 계셨는지. 일상적으로 책 대출과 반납 업무를 하면서 학생들과 밤샘 독서캠프를 하고, 독서토론 동아리를 운영하고, 책쓰기 동아리를 이끌고, 독서 기행이며 교과 융합 수업, 작가와의 만남 등 무수히 많은 독서 관련 행사를 묵묵히 한다는 것을 잘 몰랐습니다.

　이 책을 읽으며, 제가 사서 선생님에게 받았던 따뜻한 위로, 휴식과 즐거움을 저만 누린 것이 아니라 대부분의 선생님이 누린다는 것을 알게 되었습니다. 얼마나 많은 선생님과 학생이 저처럼 그 공간을 다녀갔을까요? 바빠도 일손을 멈추고, 힘들어도 웃으며 우리를 반겨주시는 사서 선생님, 항상 우리 곁에 있지만 잘 몰랐던 사서 선생님들의 이야기를 이제야 알게 됩니다.

　학생과 선생님들의 숨구멍이 되어 주는 도서관, 학교에서 제일 부자라고 자부하는 사서 선생님이 있어 학교는 비로소 학교답습니다. 아침마다 학생들에게 나누어줄 미소 한가득 준비해 출근하는 사서 선생님이 도서관 문을 엽니다. 학교가 활짝 열립니다.

그곳에 계신 당신을
응원합니다

학교에서 학교도서관은 어떤 역할을 하는 곳일까요? 제가
초·중·고등학교를 다닐 때는 학교에 도서관이 없었습니
다. 정확하게는 고등학교 때 학교 창고처럼 쓰던 곳이 있었
는데 그곳이 도서관이었습니다.

세월이 흘러 지금은 대부분의 학교에 도서관이 있습니다.
그것도 학교에서 제일 좋은 공간으로 변신했습니다. 쾌적하
고 멋진 인테리어는 물론이고 우리를 유혹하는 수많은 책도
있습니다.

이런 외적인 변화에 반해, 학교도서관과 사서교사에 대한
인식은 제자리인 듯합니다. 학교도서관이 존재하지 않았던

시절에 학창 시절을 보낸 지인들은 공공도서관과 비교하기 일쑤입니다. 발소리조차 조심스러웠던 공공도서관이나 대학의 도서관을 상상해서 그럴 것입니다. 학교도서관이라는 공간에 대한 경험이나 추억이 없기 때문이겠지요.

학교도서관은 학교 운동장만큼이나 역동적입니다. 실제로 점심 시간이나 쉬는 시간에는 운동장 역할을 합니다. 친구들과 삼삼오오 모여 교실에서 발산하지 못한 에너지를 마음껏 쏟아내는 것은 물론이고, 서가 사이를 오가며 마치 숨바꼭질이라도 하는 듯 쫓고 쫓기는 모습도 심심찮게 볼 수 있습니다.

그렇다면 수업 시간 중 학교도서관은 어떤 모습일까요? 예전과 달리 도서관을 활용하는 수업이 많습니다. 국어, 진로, 사회, 미술, 과학, 음악, 수학… . 사실 무슨 과목이든 가능합니다. 주로 국어과에서 사용한다고 생각하지만 실제로 모든 과목의 수업이 가능한 곳입니다. 학교도서관에는 다양한 자료가 구비가 되어 있기 때문입니다. 심지어 체육도 도서관 활용 수업이 가능합니다. 이론 수업에서 학생들에게 경기 규칙을 알아보고 정리하도록 할 수 있기 때문입니다.

수업이 없을 때 학교도서관은 어떤 모습일까요? 가만히 꽂혀 있는 책들처럼 미동도 없는 곳일까요? 아무도 없는 그곳에서 분주한 한 사람이 있습니다. 바로 사서 선생님입니다. 학생들이 없는 틈을 타, 수업이 없는 비는 시간을 틈타, 밀린 업무를 처리해야 합니다.

도서관에 들여올 새 책을 준비하고(좋은 책을 선별하는 작업은 단순하고 깔끔하게 끝나지 않으며 도서의 구입·활용·폐기까지 책의 온 일생을 다루죠), 수업 준비도 하고(도서관 활용 수업은 그냥 도서관만 빌려주고 끝나는 경우도 있지만 대부분은 준비하는 데 품이 많이 들고 실제 수업에서도 도서관에 입장하는 학생들을 맞이하는 순간부터 수업이 끝나는 순간까지 의자에 엉덩이 붙이고 앉아 있을 새가 없습니다.), 도서관 운영에 필요한 물품을 구입하고(어떤 부분을 개선하고 취약점이 무엇인지 파악하고 필요한 예산을 확보하고 집행하고 관리하는 A부터 Z까지의 일을 혼자 처리해야 합니다), 기타 등등의 잡다한 일을 잠깐 비는 시간에 처리해야 합니다. 매시간 얼마나 빨리 종이 울리는지 모릅니다.

정신없이 하루를 보내지만, 막상 하루를 마무리하고 집으로 가는 길에 돌아보면 내가 무엇을 한다고 그렇게 바빴을까 싶은 날이 많습니다. 분명히 손에서 일을 놓은 적이 없는데 왜 뚜렷하게 한 일은 안 보일까. 다른 교사들처럼 수업 시수가 많은 것도 아니고, 도서관에 가만히 꽂혀 있는 책들이 아우성을 치는 것도 아닐 터인데 나는 무엇 때문에 그렇게나 바빴을까요.

이 책은 학교도서관을 운영하고 있는 중고등학교 사서교사들이 일상을 돌아보고 시간이 남긴 흔적을 담아보고자 애쓴 기록입니다. 사서교사들의 작은 발걸음입니다.

함께 글을 쓴 8명의 사서 선생님은 경력 6년 차에서 20년 차까지 다양합니다. 각자의 학교에서 어떻게 고군분투하며 하루하루를 살아냈는지 이야기해보고 싶었습니다. 평소 모이면 쏟아놓곤 하던 고민과 고충, 즐거움과 기쁨의 순간까지 말입니다.

우리가 쓴 글을 모두 모아 놓고 보니, 우리는 모두 비슷한 듯 다르고, 다른 듯 비슷했습니다. 동료의 글은 서로에게 묘한 위로를 주었습니다. 우리의 일상과 경험을 나누었을 뿐인데, 다시금 걸어갈 힘이 생기는 듯 마음이 먹먹한 것은 왜일까요?

내가 지금 잘하고 있는 것인지 스멀스멀 불안이 올라오

고, 스스로를 증명해야 하는 사서교사라는 옷이 무겁기만 할 때, '괜찮아, 잘하고 있어', '너무 애쓰지 말고, 조금 힘 빼고 해' 라는 응원처럼 느껴지기도 했습니다.

여러 사서 선생님의 노력을 통해 빚어진 오늘의 학교도서관에서 우리 학생들은 어떤 경험을 했을까요? 좋은 책은 다시 좋은 책으로 연결되고, 책을 통한 만남은 좋은 관계로 발전하며, 삶이 책으로 책이 다시 삶으로 이어지는 배움과 성장의 선순환은 학교도서관이 가진 가장 큰 힘이라고 생각합니다.

지면에 담기지 못한 수많은 이야기가 오늘도 전국의 학교도서관에서 새롭게 만들어지고 있을 것입니다. 이 작은 책이 오늘도 저마다의 학교에서 고군분투하는 사서 선생님들에게 작은 위로와 응원의 메시지가 되길 소망해봅니다.

2024년 2월
저자 일동

우리가 가꾸는 학교도서관

1

새 책 들어오는 날

【 정지원 】

출근하자마자 방학을 기다리는, 개학에 대한 복잡한 여러 감정이 섞이는 순간에도 학교 종이 울린다. 8시 20분, 학생들이 자리에 앉아 새로운 담임 선생님과의 조우를 긴장된 표정으로 기다리고 있는 모습을 상상한다. 그 시간 사서교사인 나는 책상을 닦으며 한 학기를 시작한다.

학기를 시작하는 3월이 사서교사에게는 가장 바쁜 달이다. 도서관 운영계획, 독서인문교육계획 등 각종 계획 세우기, 예산 확인, DLS(독서교육 종합시스템) 관리자 등록, 이용자 등록, 도서관 협력 수업 준비, 각종 독서 업무 관련 공문 확인 등 많은 일을 해야 한다. 물론 대출을 위한 도서 정리는 필수다.

해야 할 많은 일 가운데 1학기 신간 도서 수서(도서관 책을 입수하는 과정)가 있다. 학교는 학교운영 경비의 3%를 도서 구입비로 편성하도록 되어 있다. 학교가 클수록 도서관의 규모가 크고 당연히 예산도 많다. 모든 학교가 동시에 도서를 구입하기 때문에 조금이라도 빨리 신청해야 일주일이라도 일찍 책을 받을 수 있고 도서관 이용자의 신간에 대한 욕구도 만족시켜줄 수 있다. 처음 사서교사가 되었을 때는 수서를 어떻게 하는지도 몰랐고 이 많은 책 중에 뭘 사야 하는지 선택하기가 어려웠다. 희망도서 신청은 어떻게 받아야 하는지, 구입 업체는 어떻게 선정해야 하는지도 몰랐다. 이제는 그간의 경험을 바탕으로 교육청에서 배부한 각종 자료, 사서교사들 단톡방을 통해 수서에 관한 정보를 얻고 수서를 시작한다.

수서를 위해 다양한 참고 자료를 읽어본다. 학기 초가 되면 출판사에서 도서 홍보 팸플릿을 보내기도 하고 공문으로 도서관에서 추천한 추천도서 목록이 오기도 한다. 이러한 자료를 보면 올해 출간한 책, 상을 받은 책, 책 소개, 추천사 등 다양한 책에 관련된 정보를 얻을 수 있다. 자료를 보고 책에 대한 리뷰를 대략적으로 읽어본다. 그리고 교과연계 도서는 무엇이 있는지 교과서를 살펴보는 일도 한다. 한 해에도 수만 권의 책이 출판되기 때문에 이 많은 책 중에 좋은 책을 고르기 위해서는 다양한 자료를 보고 참고해야 한다.

또한 학교 교직원과 학생들의 희망도서 신청을 받는다. 요즘에는 공유 시트가 일상화되어 있어서 공유 시트를 만들어 링크를 메신저 단체쪽지로, 학생들에게는 문자로 전송한다. 공유 시트가 어려운 분들을 위해 학교도서관에서 수기로 희망도서를 신청할 수 있도록 코너를 마련해놓는다. 2~3주간의 희망도서 신청 기간이 끝나면 수서한 책과 신청 희망도서를 바탕으로 '구입 예정 목록'을 만들게 된다. 구입 예정 목록은 학교도서관 운영위원회 심의를 거쳐 최종적으로 '구입 목록'이 된다.

예산을 올리고, 지역서점에 우리 도서관에 맞게 전산화 작업을 해달라고 요청하는 전화를 몇 통 한다. 중간에 품절 도서가 생기면 품절 도서 대체 여부도 결정해야 한다. 그 와중에 학생들과 선생님들에게 "새 책 언제 들어와요?" 하는 질문을 30번쯤 들으면, 이제 슬슬 책이 들어올 때가 되었다는 뜻이다. 30번의 질문과 답이 끝나면 드디어 업체에서 이제 곧 새 책이 들어갈 것이라는 전화를 받게 된다.

모두가 기다리던 새 책이 도착한 날, 학생들은 갈색 박스에 노란 끈으로 묶여 있는 책 박스에 관심을 가진다. 모두가 이 더미에 관심을 가질 때, 나는 조용히 업무용 장갑을 낀다. 책은 생각보다 날카롭고 먼지도 많이 묻어 있다. 그래서 장갑을 끼지 않으면 손끝을 종이에 베이기 쉽다.

박스 끈을 자르고 '구입 목록'에 맞게 도서가 왔는지 확인한다. 확인하다 보면 한 권이 빠져 있거나 책의 주제에 맞지 않게 전산화 작업이 되어 있는 것을 발견하게 된다. 잘못 인쇄된 책이 나오기도 한다.

꼼꼼하지만 빠르게 입고 도서를 확인하면 우리 도서관 책이라는 장서인을 찍는다. 도서관 이름이 새겨진 장서인을 하나하나 찍다 보면 팔목도 아프고 먼지도 많이 먹게 되어 따뜻한 물 한 잔을 꼭 마신다.

검수를 한 도서, 장서인이 찍힌 새 책은 '1학기 신간 도서'라는 이름으로 신간 도서 코너에 전시된다. 어떻게 하면 신간 도서를 학교도서관 이용자들이 많이 대출해 가도록 할 수 있을까 고민하며 신간 도서 대출 이벤트 계획을 세우기도 한다. 한번은 행운권을 넣기도 하고 한번은 책 표지 이름 맞추기 같은 재미있는 게임을 통해 대출을 유도한다. 이렇게 사서교사 1인의 노력을 통해 신간 도서는 대출될 준비를 마친다.

"2023학년도 1학기 신간 도서가 들어왔습니다. 많이들 보러 오세요! 오늘도 즐거운 하루 보내세요!"

쪽지를 보내면 학생들과 선생님들이 도서관을 방문한다. 자신이 신청한 도서가 왜 구입되지 않았는지 물어보기도 하고 좋은 책을 추천해 달라고도 한다. 책에 대해 알고 있기는 하지만 신간 도서라 나도 아직 읽어보지 않아서 책을 추천하기 망설여진다. 그래도 고심하여 추천하면 대부분의 선생님들이 추천한 책을 대출하신다. 선생님의 취향에 맞는 책일 경우 좋은 책을 추천해줘서 고맙다는 말을 듣기도 한다.

개인이 책을 구매할 때는 클릭 몇 번으로 살 수 있지만 학교도서관에서 책을 구입하는 일은 그리 간단하지 않다. 하지만 도서관에서 새 책을 살 때마다 새 책을 기다리는 선생님들과 학생들의 눈빛을 보면서 도서관이 살아 있다는 느낌을 받는다.

어느 아침, 김겨울의 라디오 북클럽에서 이런 말을 들었다. 내 마음과 똑같아서 다소 길지만 옮겨본다.

"오늘도 도서관 이야기를 하게 되는데요. 최근에 도서관 혹시 다녀오셨나요? 저는 도서관이 기른 학생이었는데요.

도서관을 통해 많은 것을 배우고 얻게 되면서 이 도서관이라는 공간이 한 인간의 발달과 공동체의 발달에 얼마나 중요한 일을 하는지 알게 되었습니다. 우리의 정신과 문화를 응축한 곳. 돈이 없는 사람도 환대하는 곳. 무엇이든 배워 갈 수 있는 곳. 그렇게 민주주의와 공공성에 기여하는 도서관이 계속 많은 사람에게 사랑받기를 바랍니다.ᐟᐟ

책 폐기도 중요해

【 안현정 】

개교한 지 30년이 넘었고, 리모델링을 한 지도 이미 십수 년
이 지난 학교에 근무하고 있을 때다. 12월 어느 날 함께 근무
하던 교감 선생님께서 고민이 있다며 찾아오셨다. 새로 개교
하는 학교에 겸임을 맡는데 그 학교 도서관을 만들어야 한다
는 것이다. 무엇보다 큰 고민은 공간과 서가는 있는데 책을
살 돈은 충분치 않다는 것이었다. 교감 선생님의 고민을 들
으면서 나는 '앗싸, 우리 학교에 넘쳐나는 책을 처리할 방법
이 생겼구나' 하는 생각이 들었다.

　학교도서관에는 책이 많다. 한때는 분실을 걱정하여 이용
을 제한하기도 했지만, 도서관의 역할이 확대되면서 책은 꽂
혀 있기보다 활용되는 것이 더 바람직하다는 방향으로 변해

가고 있다. 도서 구입 예산도 증액되고 학교운영기본경비에서 일정 비율 이상을 유지하도록 한다. 그러니 도서관의 책이 점점 많아지고 있다. 오래전 만든 도서관이라 장서 공간은 한계가 있는데, 수년을 버리지 않고 계속 사기만 했으니, 책이 얼마나 많았을까 말이다.

도서관 장서는 학생 수와 비례해서 또 최신성과 주제별 비율을 맞추어 일정 분량이 유지되면 이용하는 데 지장이 없다. 아이들은 좋아하는 책만 반복해서 보는 특성이 있다. 좋은 현상이다. 그리고 아이들은 조금만 낡은 책이어도 흥미를 잃는다. 깨끗한 새 책도 많은데 두껍고 먼지 앉은 책은 꺼내 보려고 하지도 않는다.

과거에는 수업을 위해 한 반 분량의 책을 사는 일이 많았다. 한 학년이나 학급 단위로 같은 책을 읽고 독서 골든벨이나 독후감 쓰기 대회를 진행하려면 여러 권이 있어야 하기 때문이다. 그러나 지금 대구에서는 학교도서관 지원센터가 있어 25권의 책을 꾸러미로 묶어 장기 대출도 하고 있으니, 학교에 같은 책을 수십 권씩 둘 필요가 없다. 당시 그 도서관은 교실 2칸 크기에 2만 5천 권이 넘는 책을 보유하고 있었으니, 서가가 턱없이 부족했다. 보이거나 보이지 않는 모든 곳에 책을 두었다. 칠판 아래 사물함을 열어도 책이 있고, 낮은 서가의 위는 물론 열람 책상 아래에도 책을 두었다. 창틀 위에도 장을 짜서 책을 꽂았고 높은 서가를 들여 잘 보지 않는 책을 옮겨 두기도 했다.

도서관 시설 기준에서는 이용자의 편의와 원활한 관리를 위해 서가의 70%만을 채우라고 권장한다. 그래야 시각적으로 편안하고, 책을 찾는 데 여유가 있고, 새로운 책을 보충하기도 쉽다. 그런데 책이 너무 많으니 그런 여유를 부릴 공간이 아예 없었다. 이제는 새 책을 사면 어디에 둘지가 걱정인 상황이었다.

당장 우리 학교에 40권씩 있는 책을 추렸다. 그 학교에도 같은 책을 40권씩 가져갈 필요는 없으니 10권씩만 주기로 했다. 학생 수가 줄었으니, 우리도 30권이면 어쩌다 있을 필요를 충족할 수 있다. 규모가 큰 학교라 3권씩 구입한 복본 중에서 1권씩을 뽑았고, 비슷한 전집류는 한 세트씩 골라냈다. 책을 받을 곳은 새 학교라 향후 몇 년간 새 책을 꾸준히 구입할 것이다. 하지만 아이들 책은 절판이 빨라서 좋은 책인데 구할 수 없는 책이 많으니 분명 도움이 될 것이다. 또 새로 나오는 책도 많은데 예전에 나온 좋은 책을 구매하지 않을 것이라는 이유를 붙여가며 보낼 책을 골랐다. 새 학교에 입학 또는 전학 가는 아이들이 이 책을 소중히 여겨주었으면 하는 마음을 담았는데 잘 전해졌는지 모르겠다.

책을 뽑아내고 목록을 만드는 과정이 힘들기는 했지만, 꼭 필요한 작업이었기에 힘들다는 생각이 조금도 들지 않았다. 그렇게 옮겨 갈 책을 2천여 권 뽑아내고, 버릴 책을 천여 권 뽑아내니 우리 도서관에도 약간 숨통이 트였다. 이런 계기가 아니었으면 전체 장서의 7% 이상은 버릴 수 없다는 규정 때문에 최소한의 책만, 진짜 헌 책만 가까스로 버렸을 것이다.

폐기의 시작은 장갑이다. 앞치마도 두르고 토시도 끼면 딱이겠지만 너무 오버하는 것 같아 참았다. 팬데믹 이후에는 마스크도 폐기에 꼭 필요하다는 것을 알게 되었다. 폐기할 책을 서가에서 고를 때 바코드는 미리 스캔해 둔다. 일을 줄이려면 뽑아놓은 책을 재활용할 수 있는 것과 아닌 것으로 분류해 아닌 것은 일찌감치 포대에 넣어야 한다. 며칠 동안 해서 될 일이 아니다. 한 학기에 걸쳐 매일 서가 정리를 조금씩 한다. 그리고 방학을 이용해 장서 점검을 한 뒤 목록을 정리한다. 그렇게 해서 모아둔 책을 버려야 한다. 학교도서관 운영위원회의 심의를 거쳐 서류 정리가 완료되고 나면 다시 두 손이 움직일 때다.

재활용이 가능한 책은 벼룩시장을 통해 나눔을 하기도 하고, 학교의 특정 공간에 폐기 도서 딱지를 붙여 정리해두기도 한다. 그러다가 어느 순간 스멀스멀 사라지겠지. 누구라도 한 번 더 손길이 간다면 다행이라고 생각한다. 이 경우에는 책에 붙어 있는 바코드를 떼어야 해서 여러 사람의 도움이 필요하다.

버릴 책은 일정 분량을 묶는다. 너무 많이 묶으면 한 번에 옮기기 어렵기 때문에 적절하게 분량을 조절해야 한다. 요즘은 도서를 폐기해주는 전문 업체가 있다고 들었는데, 아직 그런 호사는 누려보지 못했다. 행정실과 협의해 폐지 모으는 곳에 옮겨두면 한 해 폐기 업무는 끝이 난다.

도서관학의 아버지 랑가나단은 '도서관은 성장하는 유기체다'라고 했다. 성장은 육체적으로도 정신적으로도 이루어진다. 외양은 깔끔하고 여유 있게, 그러나 장서는 학습과 아이들의 정서에 꼭 필요한 책으로 엄선해서 구성해야 한다. 그러기 위해 끊임없이 변화해야 한다. 시류에 맞지 않거나 작가에게 이슈가 있어 서가에서 정리해야 하는 책도 있다.

1. 우리가 가꾸는 학교도서관

인기가 많아 너무 많이 이용된 나머지 너덜너덜한 책은 새 책으로 바꿔주어야 한다. 그러니 꾸준히 새 책을 구입할 수밖에 없고 폐기도 정기적으로 이루어져야 한다.

책은 사는 것도 버리는 것도 중요하다. 좋은 책이 너무 낡아서 폐기하고 다시 주문하려는데 절판되었다는 사실을 알았을 때 속이 상한다. 아무리 좋은 책이라도 너무 낡으면 아무도 펼쳐보지 않으니 사서로서 안타깝다.

예쁘고 깔끔한 외양만큼이나 아이들이 보고 싶고, 보아야 하는 책으로 잘 구성된 도서관을 만드는 일은 사서에게 엄청 중요한 일이다. 어떻게든 아이들의 시선이 서가에 머물러 있기를, 서가에 숨어 있는 보석 같은 책을 발견하기를 바라면서 오늘도 서가를 배회한다.

학교도서관에서 밤새우기

【 문다정 】

학교도서관도 유행을 탄다. 많은 프로그램이 나타났다 사라진다. 어느 학교에서 새롭게 시작된 프로그램이 다른 학교로 넘어오는 데 얼마 걸리지 않았다. 소문은 왜 그리 빠른지. 건너뛰길 바랐으나 결국 우리 학교에도 전해져 왔다. 아마 대구 전체 학교도서관에서 실행하지 않은 학교가 거의 없으리라.

온 도서관을 전염시킨 프로그램은 바로 '여름밤 도서관에서 밤새우기' 좀비들이다. 하다 하다 학교도서관에서 밤새우기라니. 신문물은 참신했지만 부담스러웠다. 하지만 신선한 소재에 대한 호기심도 있었기에 결국 여름밤 독서 캠프를 준비하기에 이른다.

어떤 행사든 시작은 소소하나 끝은 창대해야 했다. 재미만을 추구할 수 없었고 교육만을 남길 수도 없었다. 처음에 안내가 나갔을 때 아이들은 공포 체험이나 극기 훈련을 떠올리는 듯했다. 학교도서관에서 밤새우기 행사가 아니라 학교도서관이 사라진 '밤새우기'만 소문이 돌아 무슨 행사를 하는지도 모른 채 아이들이 모여들었다. 밤새도록 책을 읽으라고 했더니 터져 나오는 비명이 학교를 울렸다. 결국 층층이 보물을 숨겨두고 찾아오게 하는 활동거리를 주었다. 아이들은 신나서 학교를 돌아다니고 비명을 지르고 떠들고 뛰어다니며 즐거워했다. 이들 또한 좀비들이었다. 재미에 물린 좀비들. 전염된 좀비들은 다음 해 밤새우기 행사를 기다리고 있었다.

이번엔 밤새 책 읽기나 극기 체험이 아니라 뭔가 의미를 더 주고 싶었다. 하지만 호러는 놓칠 수 없는 꿀잼 요소. 여름밤 공포특집을 생각하다 『여우누이』가 떠올랐다. 전설의 고향처럼 『여우누이』를 으스스하게 읽어준다면 재미있을 것 같았다. 『여우누이』라는 그림책을 두 버전으로 준비해서 아이들에게 읽어주기로 했다. 한 권은 누이가 오라비들을 잡아먹는, 우리가 알고 있는 전형적인 이야기. 다른 한 권은 그 누이가 왜 그랬는지를 말해주는 그림책 『끝지』. 그때만 해도 중학생에게 그림책을 읽어준다는 게 유치한 것 같기도 하고, 아이들이 과연 흥미를 보일까 걱정되기도 했다.

하지만 연극적인 요소를 가미하여 함께 읽어본다면 활동성도 있고 재미있을 듯했다. 그림책 앞부분을 차분히 읽어주고 뒷부분 여우누이가 쫓아오는 세 장면은 각자 모둠별로 소리를 재현해보도록 했다. 어두운 도서관에 그림책 화면만이 밝았다. 화면을 통해 장면을 보여주면 그 장면에서 여우누이가 쫓아오는 소리, 누이에게 던진 병이 깨지는 소리, 달아나는 말발굽 소리를 각 모둠에서 재현했다. 훌륭한 재연 배우들은 「신비한 TV 서프라이즈」 저리 가라 할 정도로 몸으로 능숙하게 소리를 표현해주었다. 발을 구르고 종이를 찢는 등 주변 사물을 이용한 소리는 흥미로웠다.

아이들의 흥분이 가라앉지 않았다. 신나고 재미있어서 깔깔거리는 아이들, 어린 시절 읽었던 그림책 추억이 다시 생생히 떠오르는 듯 즐거워했다.

그 분위기 속에서 『여우누이』의 다른 버전을 찬찬히 읽어주었다. 여우누이가 왜 식구들을 모두 잡아먹었는지, 그 여우누이가 누구인지를 말해주었다. 어미 여우를 잡아갔던 인간들에게 복수하기 위해 내려온 여우누이. 여우누이의 잘못을 물을 수 있을까? 누구의 관점에서 보는가에 따라 다른 이야기가 될 수 있다는 사실을 슬쩍 흘려주었다. 이 버전을 만나본 아이가 거의 없어서 더 흥미진진하게 진행되었다. 훌쩍이는 콧소리를 환청으로 들은 듯한 감동이 흘러 전해졌다.

기존의『여우누이』책을 선정할 때 공을 들였다. 여우누이의 입이 귀까지 찢어져 있는 장면을 골랐으니 나는 어떤 면에서는 변태인가.『여우누이』의 다른 버전은 목탄으로 그려져 슬프고도 아련한 분위기를 잘 표현하고 있다. 많이 신경을 썼고 그만큼 반응이 좋았던 여름밤 추억 쌓기였다.

주변 학교에서 시작해서 어쩔 수 없이 진행한 행사였지만 몇 해 동안 즐겁게 아이들과 함께했다. 한동안 구시렁거렸지만, 이제는 '덕분에'라고 말하고 싶다. 여름 공기가 느껴지는 날이 오면 이 추억의 향기가 내 곁에 아직도 머무르고 있다.

럭키샘과 함께하는 독서단 운영

【 박미진 】

책으로 놀 수 있는 일은 없을까? 독서에 즐거움을 더할 방법은 무엇일까? 혼자서 하는 독서가 여럿이 하는 독서 문화로 자리 잡으려면 어떤 활동이 좋을까?

2022년 학교를 옮기고 독서에 대한 철학(?)이 잘 맞는 국어 선생님을 만났다. 나보다 10살이나 어리지만 대화가 잘 통한다. 자칭 타칭 '럭키샘'으로 통한다. (누군가에게 행운이 되고자 하는 바람이 담겨 있다. 새 학교에 옮겨와서 만난 나의 첫 번째 럭키임은 분명하다.) 우리는 사소한 이야기도 많이 나누지만 빠지지 않는 단골 소재가 있다.

"지난 주말에 무슨 책 읽었어요?"

"안나 카레니나요."

"나도 영화는 봤는데 아직 책은 못 읽었어요."

"샘도 이 책 읽고 같이 얘기 나눠요."

주말에 읽은 좋은 책에 대한 이야기는 언제나 서로의 독서 욕구를 자극한다.

럭키샘과 나는 2023년 독서 업무를 같이하게 되었다. 달성군에서 받는 군 보조금 450만 원과 우리 학교 예산 100만 원을 합해 550만 원이 주어졌다. 원래는 연극부 예산이었는데, 연극 담당 부장님이 학교를 이동하면서 이 예산이 나에게로 왔다.

독서 아카데미를 운영한다는 큰 그림만 가지고 있는 상황에서 '사계절 독서단'이라는 이름으로 활동을 구체화한 것은 학기가 시작되기 전인 1월이었다.

"샘이랑 같이하니까 뭐라도 할 수 있을 것 같아요."

"그죠. 나도 같이해서 너무 좋아요."

"독서 아카데미 어떻게 하면 좋겠어요?"

"이제 돈이 있으니까, 독서 관련해서 하고 싶었던 거 다 하기로 해요."

"하하하!"

우리가 하고 싶었던 독서 문화 활동을 응집해보기로 했다. 책도 읽고, 모여서 책 이야기도 나누고, 책과 관련한 문화 활동(서점 탐방과 독서여행)도 하고, 작가도 만나는 형태 말이다.

연간 3기를 운영하기로 했다. 1학기에 두 번, 2학기에 한 번 하고, 한 기수의 활동 기간은 대략 2~3개월로 잡았다. 호흡이 너무 길면 학생들이 지칠 수 있어서 한 기수를 연간 단위로 하지 않고 짧게 나누었다.

1기는 3월 말쯤 신청자 모집을 시작했다. 무려 50여 명. 럭키샘이 영업을 잘해서 국어수업이 끝나고 쉬는 시간에 신청하려는 학생들이 도서관으로 몰려왔다. 중학교 신입생이라 뭐가 뭔지도 모르는 1학년들이 대거 영입되었다.

토론 도서로 지정한 책은 탁경은 작가의 『봄날의 썸썸썸』. 책 두께도 얇고 무엇보다 표지가 봄에 딱 어울릴 만큼 예뻤다. 책과 활동지를 나누어주던 날, 책을 받아들고 활짝 웃으며 감사하다던 1학년 학생의 얼굴이 기억에 남는다. 책 제목 때문에 '썸타는' 내용인 줄 알고 '당장 읽어본다'며 기대에 차 있던 남학생들 얼굴도 떠오른다. 물론 이런 기대와 달리 썸타는 내용은 아니다.

예정된 토론 날짜가 다가오기 일주일 전 점심시간에 어떤 학생이 나를 찾아왔다.

"선생님, 지금 사계절 독서단 그만둘 수 있어요?"

손에는 독서단 책이 들려 있었다.

"엉? 왜, 무슨 일 있니?"

빨개진 얼굴로 나를 찾아온 학생은 말을 꺼내기 힘들어하는 듯 보였다.

"저희 엄마가 이 책을 먼저 읽어보셨는데, 저보고 읽지 말라고 하셔서요."

"아, 그래……? 이유가 뭘까?"

"비혼이나 동거인과 같은 소재가 나와서 그런 거 같아요."

생각지 못한 이유여서 조금 당황했다. 당황해서 무슨 말을 했는지 정확히 기억나지 않는다. 대략 이렇게 말한 듯하다. 처음에 그런 소재가 등장하기는 하지만 한쪽으로 치우친 내용은 아니라고 생각한다, 하지만 어머니의 의견을 충분히 존중하며 네 의견을 받아들인다, 라고. 마지막으로 이런 말 하러 여기까지 오기 정말 힘들었을 텐데, 용기를 내어 잘 이야기했다, 라고 덧붙였다.

점심시간이 끝나고 우연히 방문하신 교감 선생님께 조금 전의 일에 대해 말씀드렸다. 교감 선생님께도 책을 드렸는데 다 읽은 상황이었다.

"부모님의 마음은 아이에게 좋은 것만 보여주고 들려주고 싶은 것이겠지만, 부모가 아이를 평생 따라다니면서 보살펴줄 수는 없지요. 아이가 직접 읽어보고 판단하도록 했다면 더 좋았을 거라는 생각이 드네요."

그러면서 책의 내용에는 별문제가 없다고 말씀하셨다. 걱정했던 마음이 한결 놓였다. 학교 행사이기에 나 개인의 문제가 아니라고 생각했기 때문이다. 5월에 작가와의 만남 행사가 끝난 후 작가님과 식사하는 자리에서 이 이야기를 했다. 작가님은 웃으면서 "어머니가 우려하시는 그런 의도(?)를 가지고 쓰지는 않았다"라고 말했다. 이야기를 전개하는 여러 가지 소재 가운데 하나였던 것이다.

함께 읽을 책을 고르는 것은 쉬운 듯 어려운 일이다. 누구에게도 '책(?)잡힐 것 없는 책'이어야 한다는 점을 고려해야 할지 모른다. 그럼에도 일어날 일은 일어나기 마련이니 중심을 잡는 것이 필요하다.

서점 탐방 인원이 너무 많아서 럭키샘과 두 군데로 나누어 가기로 했다. 독립서점의 공간이 너무 협소해서 한 곳에는 30명, 다른 곳에는 20명 내외로 나누어 갔다. 학교에서 지하철을 타고 중간에 환승을 해서 한 코스만 더 가면 된다. 걷는 시간까지 포함하여 1시간 10분 정도로 넉넉하게 잡았다.

　　행사 일주일 전에 럭키샘과 답사를 다녀왔다. 지하철 탑승 위치와 환승할 때 이동 동선, 인터넷으로 찾아봤던 서점의 정확한 위치까지 찾아가 보았다. 아는 길이라고 생각했는데, 미리 답사하길 잘했다. 지도를 켜고 걸었는데도 서점의 크기가 매우 작아서 지나치고 말았다. '분명히 오는 길에 없었는데 어딨지?'를 되뇌며 작디작은 간판을 겨우 찾았다.

　　서점 사장님(책방지기)과는 전화 통화로 우리 행사의 취지와 협조 사항을 미리 요청해두었다. 학생들이 서점을 둘러보고 난 뒤에 서점에 대한 간단한 안내를 부탁드렸다. 따로 강연비를 책정한 것은 아니기에 5~10분 정도가 적정한 선이라고 생각했다. 대신 서점에서 판매하고 있는 음료를 1인 1잔씩 구매하기로 했다. 두 곳 중 한 곳은 음료값과는 별도로 장소 대여료가 있었다.

　　여름이 다가오는 4월 말, 이른 오후의 해는 뜨거웠다. 럭키샘과 나는 서점 야외 벤치에 앉아 시원한 음료를 주문했다. 도보와 지하철 환승을 거쳐 서점 두 곳을 찾아 헤매며 그곳에 다다랐기에 휴식이 필요했다.

서점은 한옥을 개조한 곳으로 그늘을 가려주는 멋진 나무도 있고 잘 가꿔진 푸른 잔디도 아름다웠다. 야외 벤치에 앉아 다리를 흔들며 음료를 마시니 행복한 웃음이 저절로 나왔다.

"오늘 미리 와보길 정말 잘했죠?"

"네, 오늘 안 와봤으면 당일에 헤맬 뻔했어요."

"아이들이 좋아할 만한 음료수가 꽤 있네요!"

"여기 너무 마음에 들어요. 인스타용으로 사진이 아주 예쁘게 담길 것 같은 장소네요."

중간고사 마지막 날인 5월 2일. 점심 급식을 먹고 도서관에 모여서 인원 점검과 안전교육을 한 후 이동했다. 마치 소풍을 가는 것처럼 신이 났다. 학생도 교사도 모두.

드디어 서점에 도착했다. 번화한 도심의 길을 걷다가 외진 골목으로 들어서서 조금 걷다 보면 나타난다. 이런 곳이 여기 있었나 싶은 곳이다. 입구부터 예스러운 대문이라 아이들은 도착하자마자 즐거움의 탄성을 내뱉었다.

도착해서 10여 분 정도는 서점도 둘러보고 음료도 주문할 수 있도록 했다. 아이들은 서점 이곳저곳을 사진 찍기도 하고, 서점에서 판매하는 책을 유심히 살펴보기도 했다. 학교도서관에서는 볼 수 없었던 다양한 굿즈(연습장, 메모지, 열쇠고리 등)에도 관심을 보였다.

주문한 음료가 나오고 나서 책방지기님의 설명이 시작되었다. 책방의 이름은 어떤 의미이고 어떻게 지어졌는지와 어떻게 운영하고 있는지 등을 말씀해주셨다. 설명을 듣고 나서 학생들이 질문을 했다.

"책방을 어떻게 열게 되셨나요? 책을 많이 좋아하셔서인가요?"

"여기에는 대략 몇 권의 책이 있나요?"

"책방 수입은 괜찮은 편인가요?"

뭐니 뭐니 해도 돈이 궁금하다. 학생들이 직업인을 만나면 꼭 묻는 질문이다. 교사도 귀가 쫑긋해진다.

이후에는 토론 도서에 대한 2차 토론 활동을 모둠별로 이어갔다. 1차는 학교에서 하고 왔다. 2차는 책 전체에서 질문을 뽑아 이야기를 나누도록 했다. 패들렛을 만들어 인상 깊은 장면과 토론 거리를 공유했다.

마지막에는 모둠원 전원이 한 문장씩 접속사(그리고, 그러나, 그래서, 또한, 그럼에도 불구하고 등)를 사용하여 발표하는 시간을 가졌다.

"**이렇게** 감성 있는 '더 폴락'이라는 책방에서 친구들과 얘기할 수 있어서 좋았고, 책 내용으로 이야기하자면 주인공인 중학생 유정이가 감당하기 힘든 일이었을 텐데 대단하다는 생각이 들었습니다."

"**그리고** 주인공의 친구인 승희가 데이트 폭력을 당하는 장면을 보면서 사람의 양면성에 대해 생각해보는 계기를 가졌습니다."

"**또한** 제목과는 달리 썸타는 내용이 아니라 주인공이 성장해나가는 이야기를 담고 있는 책이어서 인상 깊었습니다."

"**그리고** 할머니의 관점에서 손녀딸과 정말 잊지 못할 추억을 만들었던 것 같고, 할머니 인생에서 가장 큰 도전이 아니었나 생각합니다."

"**마지막으로** 유정이에게 이 국어 수행평가는 할머니와 함께했던 가장 특별하고 행복했던 봄날의 추억이 될 것 같습니다."

이렇게 정확하게 복기할 수 있는 이유는, 함께 간 친한 선생님(럭키샘 아니고 늘 나를 도와주는 고마운 샘)께서 아이들이 발표하는 장면을 찍어주었기 때문이다. 이렇게 쓰일 줄은 몰랐다.

이 영상은 나중에 1기 활동사진과 영상을 하나로 모아 작가님이 학교에 오셨을 때 보여드리는 식전 행사 영상으로도 활용했다.

럭키샘이 방문했던 책방에서도 아이들 반응이 매우 좋았다고 한다. 책방지기님이 자기 이야기를 정말 열심히 들려주었고, 아이들도 신이 나서 계속해서 질문을 하다 보니 토론하는 시간을 많이 줄일 수밖에 없었다고 한다. 좁은 공간이었지만 나름대로 밀도 있게 진행된 듯했다.

문제는 돌아오는 길에 일어났다. 갈 때는 같이 갔지만, 돌아올 때는 각 서점에서 마치는 대로 돌아오기로 했다. 럭키샘이 맡은 팀에서 여학생 한 명이 지하철을 타기 직전에 갑자기 사라졌다고 한다. 그동안 잘 따라오다가 어디를 간 것일까! 많은 사람이 뒤엉켜 오가는 곳에서 아이에게 연락까지 닿지 않는다니. 어찌할 바를 몰랐던 그 순간이 마치 영원과도 같았다고 럭키샘은 회상한다. 눈물이 왈칵 솟구쳤단다.

물론 잠시 후 아이는 해맑게 샘 옆에 나타났다. 이 이야기는 같이 갔던 부장님이 럭키샘을 위로하면서 마무리된다.

그날 그 여학생은 우리 사계절 독서단 3기를 모두 수료한 열혈 우수 고객님이 되었다. 아무튼 나의 사랑스러운 럭키샘을 울린 서점 탐방이었다.

작가님은 오셔야 오신 거다!

【 김선애 】

작가와의 만남 행사를 해마다 추진하지만, 브레이크가 걸린 때가 있었다. 코로나가 한창이던 2020년, 교내에 외부인 출입은 통제되고 한 줄 서기, 모둠 활동 자제, 이동 수업 금지, 학급별 동선 지키기 등으로 학교의 교육활동은 많이 위축되었다. 학부모 대상 교육은 물론이고 작가와의 만남도 예외가 아니었다. 덩달아 학교도서관을 운영하는 사서교사로서도 활동의 폭이 좁아진 느낌이었다.

"올해는 작가와의 만남 행사 못 하는 거 아닐까요?"

"2학기에는 상황이 좀 좋아지려나요? 좀 더 기다려야 할까요?"

"코로나가 언제 잠잠해질지 모르니 작가 초청 날짜부터

잡을 수도 없고, 다들 어떻게 하나요?"

인문학 서당을 운영하는 사서 선생님들과 나누던 걱정스러운 대화이다. 인문학 서당은 대구광역시교육청에서 초등 6개교, 중학교 5~6개교, 고등학교 4~5개교 정도를 공모로 지정한 독서인문교육 거점학교이다. 학교당 300만 원 내외의 예산을 지원받아 특색 있는 독서 활동을 운영하고 권역별 연합 행사를 진행한다. 2020년도에는 운이 좋게도 친한 사서샘들의 학교가 인문학 서당으로 지정되어 함께 고민하고 의논하며 행사를 기획할 수 있었다.

언제 즈음 다시 일상을 회복할런지 알 수 없는 상황에서 학교 수업은 온라인으로 빠르게 변화한다. e학습터, 위두랑, 구글 클래스룸, 줌 등으로 이전에 생각지 못했던 수업 방식과 교육 정보 기술이 교육 현장에 쏟아져 들어온다. 코로나가 완전히 종식되기를 넋 놓고 기다릴 수도 없어서 여러 궁리를 하는 참이었다. 그때 저자와의 만남을 할 방안으로 유튜브 실시간 생중계를 제안했다.

"저자 특강을 유튜브 실시간으로 하는 거 어때요?"

"유튜브 실시간 생방송? 유튜버들이 한다는 그거요?"

"시청만 할 줄 알았지, 채널도 어떻게 만드는지 모르는데요?"

"요즘에 온라인 수업 대비해서 학교에 방송 장비도 들어오고 학교 행사도 그렇게 하잖아요. 그리고 우리 학교 기술샘이 할 수 있대요. 설명 들어보니 기술샘은 쉽다고 하는데 무슨 말인지 모르겠더라고요. 그래서 직접 와서 도와달라고 하려고요."

이렇게 기술 선생님의 기술력에 의지하여 온라인 강연을 준비한다. 급하면 통한다고, 평소의 인간관계가 비빌 언덕이 되어준다. 감염의 위험에 노출되지 않는 안전한 온라인으로 기존에 하던 교육활동을 가지고 간 것이다. 막막하던 차에 새로운 돌파구가 되었다. 코로나 상황에도 무언가를 할 수 있어서 기쁜 마음으로 일을 계획한다. (이 무렵에 여러 사서 선생님과 함께 온라인으로 할 수 있는 독서 활동이나 독서 퀴즈 등 다양한 독서교육 프로그램을 시도하고 만들어냈다.)

강연 제목은 '유튜브 시대의 책 읽기'로 결정한다. 사실 초대할 만한 작가들을 염두에 두고 이런 주제를 선정한 것이다. 작가 두 명이 북토크 형태로 주제에 관해 이야기하고, 참가자는 채팅창을 통해 소통하는 방식이다. 일정은 8월의 어느 토요일 오전 10시부터 12시까지로 잡았다. 작가 두 사람이 같은 책을 쓴 것은 아니지만 서로 아는 사이여서 평소처럼 대화를 나누면 되는 상황이었다.

이제 작가도 섭외했으니 대구 시내 중·고등학교로 참가 신청 공문을 보냈다. 5개 학교가 권역을 나누어서 공문도 보내고 신청도 받았다. 합치고 보니 예상보다 많은 삼백여 명이 신청을 해서 모두 깜짝 놀랐다. 당시 코로나가 기승을 부리는 상황이어서 온라인 행사에 더욱 적극적으로 참여했나 보다.

"이제 뭘 해야 할까요?"

"일단 강연 도서를 구입해야 해요. 전체 신청 도서를 수합해서 5개 학교가 나누어서 품의를 올려야 하지 않을까요?"

"품의는 따로 올리지만 서점에는 일괄 통합된 파일을 보내서 해당 학교로 일괄 배송이 되는지도 알아봐야겠지요?"

"연합활동이니 강연료는 어느 작가님을 어느 학교에서 지출해야 할지도 정해야지요?"

"고등학생들은 이번 행사에 참여한 것을 학생부에도 작

성해야 하니 사전·사후 설문지를 구글로 만들어서 학생들이 작성하도록 하면 어떨까요?”

“학생들에게 유튜브 접속 주소를 보내고, 여러 전달 사항도 수시로 알리려면 단톡방을 미리 만들어야 하지 않을까요?”

“채팅창 우수 활동자에게 줄 상품은 뭐가 좋을까요?”

그렇게 산 넘고 물 건너 크고 작은 많은 일이 진행되었다. D-3일쯤 되는 어느 날, 작가 중 한 분이 약속된 날짜에 강연이 어려울지 모른다는 날벼락 같은 연락을 전해온다.

“네?”

“어머니가 편찮으셔서 병원에 입원하셨어요.”

“아니, 작가님 사정이 어려운 것은 알겠는데요. 그래도 지금 신청한 학생이 300명 가까이… 게다가 북토크로 진행되어야 하는데….”

작가님은 일정 변경을 요청했다. 다급한 마음에 다른 작가에게 일정 조정을 문의했다. 하지만 일은 더 꼬이게 되었다. 중간에서 의견을 조율하려고 하던 것이 뜻하지 않게 서로의 자존심을 건드리게 되었다. 우여곡절 끝에 1차와 2차로 나누어 2회 행사로 급하게 수정했다. 당연히 공문도 한 번 더 발송했다. 강사님의 사정으로 일정을 연기한다고 덧붙여서.

드디어 강연 D-1일. 작가의 어머니를 위해 다 함께 기도하는 마음이었다. 당장 오늘 밤에라도 무슨 일이 생겨서 못 오시면 어쩌나, 그럴 경우, 학생들에게 뭐라고 공지해야 하나 걱정하며 마음을 졸였다. 다행히 작가는 당일 강연장에 도착하였고, 유튜브 생방송은 무사히 마무리되었다. 유튜브 생방송 중 방송이 1~2분 정도 끊겨서 단톡방에 주소를 다시 올리는 해프닝이 있었지만 이건 아무 문제도 아니라는 생각이었다. 일단 작가가 와서 프로그램이 무리 없이 진행되니까.

강연 후 사정을 들어보니, 상황이 아주 힘들었다고 한다. 가족들이 번갈아가며 병석을 지키는 상황이었다. 새롭게 알게 된 것은 작가의 마음을 움직인 것은 삼백여 명의 학생이 아니었다. 작가의 어머니가 작은 병으로 입원한 것이라고 생각하고 던진 내 말 때문이었다고 한다.

"작가님, 이러시면 어떻게 해요? 그러면 제 입장은요? 이렇게 무책임하게 행동하셔서 정말 화가 나네요!"

강연이 펑크 날 경우, 내 입장이 곤란해진다고 했던 말이 마음을 움직였다고. 우리 생각에는 삼백 명이나 되는 학생들이 실망하는 것이 더 클 것 같은데, 작가님은 태어나서 '무책임하다'는 말을 처음 들어서 충격을 받고 또 내가 곤란해지는 게 마음 쓰였다고 한다.

아무튼 작가와의 만남을 매년 계획하고 운영하지만 정말 하루 전날까지 마음 졸이면서 했던 행사라서 지금까지 오래도록 기억에 남는다. 행사 후에 학생들의 피드백이 좋았고, 여러 선생님과 함께 진행한 연합 행사라서 더욱 의미 있었다. 물론 그때 그 작가들의 책은 지금도 나의 인생 책 중 하나이다.

여행이 필요한 순간

【 문다정 】

2023년 코로나가 풍토병으로 자리 잡게 되면서 정부는 코로나 종식을 선언했다. 그에 따라 코로나로 인해 멈춰졌던 많은 교육 활동이 다시 시작되는 분위기다. 특히 교외 활동에 대한 제약이 사라졌다. 그리하여 아주 오랜만에 도서부 몇몇 아이들과 멀리 여행을 떠나기로 했다. 문학기행, 인문학기행, 독서기행 등등 다양한 이름으로 불리던 그 추억 여행이 다시 돌아왔다.

코로나로 또 휴직으로 인해 몇 년 동안 기획해볼 생각을 하지 못했다. 그리고 까다로워진 버스 대절과 단체 여행을 생각했다면 어려웠을 테지만 다른 학교 사서 선생님들과 연합할 수 있어서 한걸음 뗄 수 있었다. 다행히 학교에서도 반대가 없었다. 오히려 부장님과 교감 선생님까지 출동하여 도우시려는 것을 다른 학교와 연합 활동이라는 설명으로 안심시켜드렸다. 절대 부담스러워서 거절한 것은 아니었다.

기행 장소로 스토리라이브러리와 북촌 한옥마을이 있는 서울로 정했다. 스토리라이브러리는 책이 있는 공간을 수동적으로 구경하기보다는 스스로 구성해보는 도서관이다. 대구에는 없는 새로운 형태의 매력적인 도서관을 다른 사서 선생님이 소개해주어 예약까지 할 수 있었다. 이곳만 가보기에는 아쉬워서 주변을 탐색해 조선시대 한옥이 그대로 보존되어 있다는 북촌 한옥마을을 찾았다. 일제강점기 대표적인 한옥으로 백인제 가옥을 중심으로 둘러볼 계획까지 잡으니 하루 일정이 짜여졌다. 목적지는 정해졌으나 그에 따른 소소한 준비가 필요했다.

여행 일정이 주말인지라 차표를 먼저 해결해야 했다. 연합 활동이라 다른 선생님들 하는 대로 따라가면 되겠지 하는 안일한 생각이었다. 어떤 선생님이 나서서 행정실을 통해 차표를 예매하신다고 해서 우리 학교도 그러려니 했다. 하지만 행정실에서 직접 결제해주는 학교, 선생님 카드로 결제하고 나중에 정산해주는 방식까지 다양해 학교 내에서 논의가 필요했다.

그다음 정한 것은 식사 메뉴. 인근 식당을 탐색하여 아이들이 좋아할 만한 메뉴를 선정했다. 여행지에서 가장 강렬한 기억을 남기는 것은 어쩌면 문학관도 아니고 역사적 체험도 아닌 음식이 아닐까? 예전에 그 의미를 살리겠다고 안동에서는 헛제삿밥을 먹었는데 아이들의 후기가 처참했다. 이번엔 아이들의 워너비 메뉴인 떡볶이로 결정했다.

교통편, 식사 문제를 결정하고 안내장을 만들어 참여할 아이들에게 배부했다. 한옥마을 해설사도 알아보고 신청해 두었다. 역사적인 공간이지만 설명해 줄 이가 없다면 아이들에게는 관광지로 끝날 수 있으니 그 의미를 전해줄 수 있는 이가 꼭 필요하다.

가기 전날 아이들을 불러 일정과 여행지에서 주의해야 할 부분에 대해 다시 공지했다. 전국에서 가능한 교통카드를 꼭 준비하라는 팁도 전했다. 걱정과 염려, 소소하게 챙길 부분은 있었지만, 즐거운 여행을 기대하며 현수막으로 쓸 종이를 급하게 출력하며 준비를 마쳤다.

출발이 7시라 걱정했지만, 다행히 모두 제시간에 도착했다. 기차를 타고 서울로 향했다. 일찍 출발했다고 생각했는데 시간 안에 겨우 도착할 수 있었다.

그곳은 책뿐만 아니라 자유롭게 활용할 수 있는 소품, 음악을 들을 수 있는 편안한 공간까지 구성되어 있었다. 자신이 생각하는 대로 서가를 꾸며볼 수 있는 도서관이자 개인 작업실, 창작 활동이 자연스럽게 흘러나올 수 있도록 한 공간이었다. 공간이 주는 힘으로 아이들의 상상력은 무한대로 뻗어나갈 수 있으리라. 안타깝게도 아이들만 활동할 수 있는 공간이다 보니 아이들만 체험 장소로 올려보내고 사진을 꼭 찍어오라 당부했다. 그 짬을 이용해 식사 장소로 가는 경로를 확인하고 결재를 하기 위해 이동했다. 돌아와서 조잘거리는 즐거운 후기를 듣고 스스로 꾸민 서가에 대한 설명을 들었다. 예약해둔 장소에서 점심을 먹고 서둘러 북촌 한옥마을로 이동했다.

해설사를 신청해두어서 시간 안에 도착해야 한다. 아이들은 밥을 먹지만 내 손은 핸드폰을 놓지 못한다. 버스편을 검색하고 해설사와 시간을 확인한다. 버스편이 다양하지 않아 이번에 오는 버스를 놓치면 다음 버스가 오기까지 한참이다. 아이들을 인솔하여 도롯가를 질주하는 것도 내 몫이다.

백인제 가옥에 도착하여 해설사와 만났다. 해설사의 차분한 설명을 들으며 조선시대 전통 가옥과 근대적인 요소가 어울려 있는 곳곳의 역사를 들었다. 인스타 감성이 살아 있어서일까, 아이들도 곳곳에서 사진을 찍으며 적극적으로 설명을 듣고 있었다. 백인제 가옥을 보고 나서 주변 한옥마을을 둘러보았다. 관광객이 많아 어수선하지만 아이들은 사진 찍기에 여념이 없었다. 여기까지 하고 나자, 숨이 턱에 차는 기분이었다. 눈을 크게 뜨고 발걸음을 빨리 하고 목소리를 높이는 순간의 연속이어서 지치는 기분이 들었다. 다음은 없다를 속으로 외쳐본다.

"선생님, 우리 네 컷 사진 찍어요!"

"으잉? 선생님은 부담스러운데..^^;;;"

한옥마을에서 마무리할 무렵 아이들이 네 컷 사진관으로 나를 이끌었다. 생전 처음 경험해보는 네 컷 사진. 사진 촬영 중 아이들이 조잘거린다.

"선생님, 오늘 정말 재미있어요. 코로나 때문에 학교에서 여행 가는 거 정말 오랜만인 것 같아요. 그리고 편한 친구들이랑 와서 더 좋아요. 새로운 곳도 만나고요. 아까 그 도서관 정말 독특했어요. 다음에 또 가요. 다음에 또 간다고 약속하며 같이 찍어요."

방금 전만 해도 '때려치워'를 외치던 마음이 어찌나 순식간에 변하는지. 요 녀석들 뭔가 느끼는 것이 있었던가.

"아, 그래? 오늘 재미있었어? 다음에 또 갈까?"

아이들이 슬쩍 내비쳐준 말 몇 마디에 즐거움과 뿌듯함이 차올라 마음이 촐랑거린다. 재미있다는 아이들의 말에 내 입은 마음대로 대꾸한다. 네 컷 사진이라는 이 작은 뇌물 앞에 가볍게 무너지는 다짐이었다.

문학기행은 외부로 나가는 활동이다 보니 안전이 신경 쓰이고 스케줄을 계속 체크하고 동선도 확인하며 인솔하기가 쉽지는 않다. 중간중간 소소하게 발생하는 문제도 많다. 아픈 아이가 발생하지 않은 것만 해도 다행이었다. 함께 즐겨야지라고 생각하지만 밖에서 하는 활동은 책임만 더 앞서게 되면서 내가 왜 이걸 하나 하는 후회가 몰려오는 순간이 더 많기도 하다.

하지만 돌아오는 기차에서 아이들과 찍은 네 컷 사진을 만지작거리며 다음 여행지를 고민하는 나를 발견한다. 가까워지기 위해 멀리 떠나는 순간이 필요하다면 이런 고민과 부담을 다시 감수하려는 마음이 일어난다. 복잡하게 생각하지 말자. 여행이 필요한 순간이 온다면 과감히 실행에 옮기자며 네 컷 사진을 소중히 챙겨본다.

나는 사서교사 1호다

【 안현정 】

나는 대구의 사서교사 1호다. 지금도 1급 사서교사 자격증에 '제1호'라고 쓰여 있는 것을 보면 부끄럽지만 뿌듯하다. 그런데, 1호라서 너무 좋았는데 너무 힘들었다. 이제부터 그 이야기를 풀어보려고 한다.

대학 4학년 어느 봄날, 친구가 도서관 사서 온라인 방에 사서교사를 뽑는다는 글이 올라왔다고 알려주었다. 4학년이 되어 막연히 취업 준비를 생각하고 있던 터라 귀가 솔깃한 소식이었다. 2학기가 되면 어디든 회사에 들어갈 수 있을 것이라고만 생각했는데, 사서교사라니!

하지만 요즘처럼 인터넷 카페가 존재하기 전이라 그 정보가 진짜인지 알아볼 수가 없었다. 대구시교육청에 전화했더니 아직은 올해 신규 임용에 대한 계획이 없다고만 답했다.

동기 중에서 교직 이수를 한 친구는 나와 K, 단둘이었다. 친구들은 사서교사 임용이 있을 거라고 해도 관심도 없었고, 이전에 사서교사를 뽑은 적이 없었으므로 당연히 가짜뉴스라며 무시할 소식이었다. 함께 교직을 공부한 친구도 임용 시험엔 관심이 없었다.

그런데 나는 그날부터 가슴이 두근거리기 시작했다. 왠지 나를 위한 길이 열린 것 같았다. 알음알음으로 교육학 책을 구해서 도서관에서 혼자 공부를 시작했다. 다들 토익 점수를 올리기 위해 노력할 때 교육학을 외웠고, 졸업 시험을 준비하며 전공 공부도 열심히 했다.

그해 가을 진짜 임용 공고에 사서교사 한 명 모집이 떴다. 전국에서 아홉 명이었다. 한 명인 건 중요하지 않았다. 사서교사 임용이 있다는 사실만으로도 충분히 감격스러웠다. 나는 그 자리가 내 것이라고 생각했고, 진짜 사서교사가 되었다.

개국 이래 첫 사서교사 임용을 이뤄내기 위해 얼마나 많은 노력이 있었는지는 그 후에야 알았다. 서울중등학교도서관연구회 선생님들은 연구 활동으로 학교에 도서관이 있음을 알렸고, 대학의 교수님들은 교육청으로 교육부로 찾아다니며 사서교사의 역할을 피력했다. 세상에 저절로 되는 일이 있겠냐마는 내가 이 자리에 설 수 있게 해준 그 노력을 적어도 나는 모른 척할 수 없었다. 사서교사 임용은 내가 끝이 아니라 나로부터 시작이어야 했다.

발령 초기부터 10년 정도는 도서관 만들기가 학교 발령 후의 주 업무였다. 늘 텅 빈 교실을 받았고 책과 서가를 사고 전산화를 도입하여 도서관을 만들었다. 내가 잘 만든 도서관 하나가 바로 우리나라 학교도서관의 표준이 될 것이라는 강한 책임감을 가졌다.

도서관을 만들고 나니 이제는 프로그램이다. 소식지도 만들어보고, 방학 독서교실도 진행했다. 도서부를 뽑아 함께 여러 서점과 도서관을 돌아다녔다. 책을 들고 독서기행도 다녔고, 저자를 불러 책으로 소통하게 했다. 독서 골든벨, 세계 책의 날, 독서의 달도 놓칠 수 없다며 각종 행사를 기획하고 진행했다.

사서교사의 숫자가 적으니, 교육청에서 하는 독서 정책에도 빠질 수 없었다. 책 축제, 도서관 편람 제작, 독서 관련 강의, 장학 자료 제작 등 많은 일에 참여했다. 최근에는 대구시 교육청에서 추진하는 IB(국제바칼로레아) 교육과정에 대해서도 열심히 공부 중이다. 사서교사와 도서관의 역할이 다른 교육과정에서보다 중요하게 인식되고 있기 때문이었다.

때로는 힘들고 때로는 이걸 왜 해야 하나 하는 회의도 들었지만 내가 잘해야 학교도서관이 살 수 있다는 책임감을 내려놓기는 힘들었다. 도서관에서 시작되는 독서야말로 학습의 기본이며 학생들의 미래를 준비시켜야 하는 학교의 역할이라고 생각했기 때문이다. 그 시작이 사서교사가 근무하는 학교도서관이고 싶은 간절한 바람이 있어서다.

그리고 20년이 넘는 시간이 흘렀다. 전국의 학교에는 이제 대부분 학교도서관이 설치되어 있다. 도서 구입비도 학교 운영비의 3% 이상을 확보하라고 권장되고 있고, 예전에 비해 질 좋은 책이 많이 들어오고 있다. 학생들에게는 매우 고무적인 일이다.

그런데 학교도서관의 사서교사 배치율은 여전히 13%를 밑돌고 있다. 약간은 허탈한 마음이다. 사서교사로 그 역할의 중요성을 알리고 그 자리에 맞는 사서교사 후배들이 들어오기를 그토록 바랐는데 말이다.

가끔 동교과 모임을 하거나 동학년 모임을 하는 선생님들 이야기를 들으면 부러운 마음이 든다. 시교육청 단위의 모임이나 연수도 교과별로 이루어지는 걸 보면 또 부럽다. 학교 도서관도 고민할 일이 너무 많은데, 혼자 결정하고 진행하기 버거운 일이 많은데, 누구랑 함께할 수 있다면 얼마나 좋을까 싶다. 내가 원하는 건 학교마다 도서관이 있고, 그 학교마다 사서교사가 있어서 인근 지역에서라도 만나 협의하고 배우고 성장하는 것이다. 아직은 더 기다려야 하나 보다.

후배 사서 선생님들은 지금도 학교에서 열심히 활동하고 있다. 선배가 심어준 생각일 수도 있고, 선생님들 나름의 의무감일 수도 있다. 임용되었으니, 자신이 맡은 일을 하며 학교 안에서 안정을 찾을 수도 있을 텐데 다들 지나치게 열심히, 애정을 갖고 학교도서관으로 출근한다. 선배가 보기에 부럽기도 하고 참 예쁜 모습이다.

내가 힘들게 지나온 시간은 이미 지나간 시간이다. 앞으로 학교도서관이 어떻게 만들어질지는 또 지금부터의 문제라고 생각한다. 힘들고 외로웠지만 스스로 뿌듯하고 자랑스러운 자리였다. 부산했던 지난 시간은 나만의 것이었고, 앞으로 새로운 학교도서관은 후배들이 멋지게 만들어갈 것이다. 물론 나도 함께할 것이다.

경력이 많아지니 이제는 학교도서관에서 근무하는 선생님들의 안녕을 만들어주고 싶다. 후배들이 학교에서 조금이라도 덜 외로운 도서관이 되었으면 좋겠다. 그래서 학교도서관을 주제로 하는 국회 포럼(2020년)에도 가보고, 사서교사 정원 확보를 촉구하는 연대(2022년)에도 참여했다. 이미 제3차 학교도서관 진흥 기본 계획서에서는 2030년까지 학교도서관 대비 사서교사 50%를 배치하기로 정책적으로 결정되었다. 정책이 현실이 되기를 바라며 지금의 선생님들은 또 열심히 학교도서관을 가꾸어 나가리라 믿는다. 학교 현장에서 사서교사들도 열심히 노력할 테니 애써 세운 기본 계획이 제발 계획대로 잘 이루어지기를 간절히 바란다.

학교도서관 리모델링

【 정지원 】

"와 선생님, 왜 이렇게 좋아졌어요?"

춥지만 추운지 몰랐던 겨울방학이 끝났다. 겨울방학이 끝나고 도서관에 방문한 학생들이 가장 먼저 건넨 말이다. 지난 1년 동안 우리 학교는 '학교공간 혁신사업'을 진행했다. 학교 현관, 복도, 세미나실, 도서관을 개보수하는 대대적인 공사였다. 많은 예산이 투입되었고 1년 동안 여기에 매달렸다고 해도 과장이 아닐 정도로 신경을 많이 썼다. 공사가 끝나고 도서관에 처음 방문한 학생들의 입에서 나오는 감탄사와 호응에 힘들었던 기억이 조금은 날아가는 것 같았다.

우리 학교는 도서관과 함께 다양한 공간을 함께 리모델링해야 했기 때문에 시작부터 어려움이 있었다. 학교 공간을 리모델링할 때는 보통 교내 TF(Task Force)팀 구성, 디자인업체 선정, 디자인 선정, 공사업체 선정, 공사 순으로 진행된다.

학교 내 관련 선생님들과 함께 TF팀을 구성했다. 첫 TF팀 회의를 가졌을 때, 이미 작년에 신청해서 예산을 받은 사업이기 때문에 설계사무소나 디자인의 전반적인 틀이 갖춰져 있는 상태였다. 그래서 '쉽게 일이 진행되겠구나'라고 생각했는데 그건 나의 커다란 착각이었다. 회의를 거듭할수록 디자인이 계속 수정되었다. 공간에 넣고 싶은 요소는 많고 실제 공간은 협소하니 실현 가능성, 예산 문제 등으로 디자인을 정하는 일부터 어려움이 많았다. 특히 선생님들 간에 의견이 달라서 이견을 조율하는 과정이 무척이나 힘들었다. 그 과정에서 언성이 높아지기도 하고 기분이 상하기도 해서 회의가 제대로 이루어지지 않은 적도 있었다. 결국 여름방학에는 공사를 시작하자고 한 일이 인사 이동과 설계사무소와의 마찰로 인해 겨울방학으로 미뤄지게 되었다.

1학기 내내 계속된 회의는 2학기 실제 시공업체가 정해지면서 구체적으로 이루어졌다. 1학기 때는 디자인 부분에 신경을 쓰며 회의했다면, 2학기 때는 본격적인 리모델링을 준비하면서 처음부터 끝까지 신경 쓸 것이 정말 많았다.

학교도서관에는 책장 공간, 수업 공간, 사서교사 업무 공간, 열람 공간 등이 기본적으로 들어가야 한다. 가장 어려웠던 점은 책장 공간을 만드는 부분이었다. 도서관에서 가장 중요하고 소중한 것이 바로 책이다. 학교도서관은 매년 새로운 책을 사야 한다. 그래서 쾌적하고 관리하기 쉬운 책장 공간을 마련하는 것은 아주 중요한 일이다. 사서교사로서 책장의 여유 공간이 많이 필요하다고 의견을 내었는데, '이렇게 책장이 많이 필요하나?', '책을 복도 서랍장에 놓고 필요할 때 꺼내주면 안 되냐' 등 사서교사 입장에서는 받아들일 수 없는 의견이 나왔다. 어떤 선생님은 도서관 책을 폴딩도어로 막고 필요할 때만 열어놓고 쓰면 관리하기 편하고 공간도 적게 차지할 것 같다는 황당한 의견을 내놓기도 했다. 리모델링을 통해 학교도서관에 좀 더 많은 학생이 편하게 오고 다양하게 활용하기 위해 공사를 하는 것인데, 폐가식(도서관 내에 있는 자료를 이용자가 검색을 통해 선택하여 열람표를 제출하면 자료를 내주는 운영 방식)으로 돌아가자는 말씀이어서 당황스러웠다. 다행히 다른 선생님들이 그건 아닌 것 같다고 하셔서 그 의견은 받아들여지지 않았다.

책장 공간을 정하면 끝날 줄 알았는데, 가장 큰 산을 넘으니 온갖 산이 기다리고 있었다. 조명 위치, 가구 위치, 전기 설계, 바닥재, 공간에 들어가는 색깔 등 결정할 것이 너무 많았다. 특히 건축도면을 볼 줄 모르는데 시공업체와 이야기할 때는 건축도면을 가지고 이야기해야 했기 때문에 하루 종일 도면만 쳐다보고 있는 날도 있었다. 수정과 수정을 거듭한 끝에 공사와 관련된 다양한 사람이 모여 최종 회의를 거쳐 공사 일정을 확정하고 본격적인 공사를 시작했다.

첫 시작은 이사였다. 도서관에 있는 모든 물건과 책을 빼는 일을 하면서 하루종일 학교가 시끌시끌했다.

이사라는 큰 산을 넘고 막상 공사를 시작하니 달라지는 부분도 많아서 방학 기간에도 계속 학교에 나와 여러 가지 사항을 확인했다. 창문이 들어오는 날짜, 책장의 크기, 맞춤 제작 가구의 색상 등 중간 중간 담당자가 확인할 사항이 많았다. 공사 외에 추가로 구입해야 하는 물건을 예산 사용 기한에 맞추어 구입해야 했다. 공사현장과 행정실을 오가면서 겨울철 학교의 추운 복도가 춥다는 생각을 하지 못했던 순간이었다.

공사가 진행되면서 하나하나 완성되는 모습을 보니 뿌듯

한 마음이 들었다. 볼 줄 몰랐던 도면을 보면서 결정했던 것들이 실제로 구현되니 신기하기도 했다. 도면으로 보았던 통창이 완료되고 나니 햇살이 환하게 들어오는 것이 너무나 따뜻했다. 조명을 많이 달아서 도서관이 아늑하고 포근한 느낌이 들었다. 달라진 도서관 모습을 보고 놀랄 학생들을 생각하니 기대가 되었다.

막상 공사가 끝나고 나니 생각하지 못한 불편함이 있었다. 창문을 여닫을 때 창가 바 테이블 때문에 쉽지 않다는 점, 출입문의 열쇠구멍을 너무 밑에 달아놓아 매일 도서관 문을 열고 닫을 때 무릎을 굽혀야 하는 점 등은 설계할 때는 불편할 거라고 생각하지 못했던 부분이었다. 공사 후에 냄새가 오래간다고 듣기는 했는데, 한 학기 내내 창문을 열어놓아도 냄새가 빠지지 않아 눈이 따갑기도 했다.

하지만 리모델링 후 환하게 변신한 도서관이 너무 좋다며 찾아오는 학생들을 보면 뿌듯했다. 이전에는 도서관에 수업 공간이 없어서 세미나실에 가서 해야 했는데 공간이 생겨 도서관 이용자 교육, 교과 협력 수업, 자유학기제 수업과 독서모임 등 다양한 수업과 모임 공간으로 도서관을 쓸 수 있다는 점도 너무 좋았다. 무엇보다 도서관에 오지 않던 학생들이 달라진 공간에 호기심을 가지고 도서관을 찾아와 책을 빌려 가는 모습을 보니 힘들었지만, 잘했다는 생각이 들었다.

사서교사로 근무하면서 누구나 한 번쯤은 리모델링을 해야 하는 순간이 찾아온다고 선배 교사들이 말해준 적이 있다. 그 순간이 생각보다 일찍 찾아와서 당혹스러웠고 처음 하는 것이라 우여곡절이 많았다. 하지만 전화할 때마다 항상 친절하게 대답해준 선배 사서 선생님들 덕분에 놓칠 뻔한 부분을 체크하며 차근차근 할 수 있어서 너무 감사하다. 좋아진 공간에서 질 높은 독서교육으로 학생들과 만나게 되기를 기대해본다.

도서관에서 만난 사람들

도서부라는 기적

【 문다정 】

곰이 사람이 되기 위해서 백 일 동안 쑥과 마늘만 먹었다고 하던가. 우리 도서부는 언제 진정한 도서부가 되려나. 그것은 기적에 가까운 일이던가.

"선생님, 이거 먹어도 돼요?"

"저도요, 저도요."

행사 상품으로 쓸 과자 박스를 들고 도서관으로 들어서니 도서부원들이 몰려온다. 조금 전 서가 정리하라고 등 떠밀어 보낸 지 1초도 되지 않았다.

"이번 주 도서관 행사용."

"무슨 행사요? 저 하나만 주세요."

"행사 진행을 먼저 생각해주는 도서부가 되어주면 안 되겠니?”

“에이, 다 알죠. 알죠….”

안다는 아이들의 눈길은 간식에만 고정되어 있을 뿐 어떤 행사가 진행되는지에 대한 물음이 없다. 이쯤에서 내가 매점 아줌마로 보이는 것은 아닌지 걱정이 된다. 도서관에서 매월 매주 행사가 진행되다 보니 간식이나 상품이 늘 있다. 어느 정도 사기 진작을 위해 도서부가 먹는 것도, 챙겨 가는 것도 눈감아준다. 어느 날은 행사가 시작되기도 전에 간식거리를 다 먹어치웠다. 화가 나서 속사포 같은 잔소리를 쏟아냈다. 소용없는 말이지만 정도가 지나치는 순간 나 역시 참지 못했다. 씩씩거리며 아이들을 보내고 돌아서서 생각하니 이번 해는 아이들이 왜 이러나 싶었다.

학교에서 담임과의 인연이 보통 1년이라면 도서부 아이들은 나와 3년을 보낸다. 3년을 함께 보내고 졸업식에서 뒷모습을 보고 있노라면 뭉클해지기도 한다. 내가 키우지도 않았지만 내가 키운 느낌이 든다. 아이들 마음에 내가 물고기 비늘 한 조각쯤 분량으로 박혀 있지 않을까 기대하기도 한다.

도서부는 도서관을 운영하는 데 있어서 중요한 역할을 한다. 외부 인력 자원이 투입되는 데는 한계가 있다. 학교 내부 사정으로 또는 업무공간 분리가 되지 않아 외부 인력을 지원받아도 있을 공간이 마땅치 않아 받을 수 없기도 하다. 하지만 도서관을 혼자 운영하기 버거운 때가 있다. 도서부는 그 순간을 같이 해주는 큰손들이다. 또한 아이들은 행사 아이디어를 제공해주고 참여자를 끌어오기도 하고 상품 기획도 한다. 행사 진행 요원으로서 원활한 행사가 이뤄질 수 있도록 활약도 한다. 이처럼 반짝이는 머리가 필요한 일도 있지만 매일 반납되는 책 정리를 위한 서가 정리부터 일 년에 한두 번씩 진행되는 폐기 도서 처리에, 온몸의 근육이 필요한 일에도 한몫을 한다. 언젠가 아이들이 말했다. 우리는 도서부가 아니라 노동부가 아니냐고. 앞으로 뽑을 때 책 100권씩 들 수 있는지 테스트하자는 우스갯소리가 나올 정도였다.

도서부는 자신의 선택으로 또는 어떤 환상으로 들어오는 경우가 많다. 고고하게 앉아서 대출 반납해 주는 모습이 좋아서 들어왔다고 고백하는 경우가 많다. 하지만 도서부가 되면 행사 기획하고 진행하고 책 읽고 토론하고 무언가를 써내야 하고 문학기행 가고 각종 외부 독서 행사에 참여하며 일 년을 보낸다. 어엿한 도서부로 거듭나게 하기 위해서는 그냥 둘 것이 아니라 숨은 노력이 필요하다.

가장 강력한 것은 관계 맺음이다. 초기에 신입생 환영회를 열어 서로 안면을 터주어야 하고 선배가 멘토 역할을 해줄 수 있도록 팀을 짜주고 중간중간 잘 지내는지, 어려움은 없는지 확인해야 한다. 그냥 내버려두면 일 년을 보내고도 동기는 물론 선배 이름도 모르는 상태가 된다. 끈끈한 관계를 맺기 위해서는 동아리로서 전통이 필요하다. 어느 학교에서는 신입 부원이 들어오면 학교에 비빔밥 재료를 들고 와서 같이 비벼 먹기도 했다. 전통처럼 매해 그렇게 진행하다 보니 졸업생들이 간혹 연락이 올 때 그 이야기를 빠뜨리지 않는다. 반 학기쯤 보내고 나서 가장 활발하게 활동한 아이를 투표로 뽑아 방학 중에 함께 회식을 하기도 했다.

단순히 서가 정리하는 도우미 역할과 수행해야 하는 일만 부과하다 보면 관계가 끈끈해질 수 없다. 끈끈하지 않은 관계에서는 일이 잘 진행되지 않는다. 인간적인 관계가 맺어질 수 있도록 이런저런 이벤트가 필요하다. 이벤트까지는 아니어도 일상적인 이야기라도 자주 나눠주는 것이 도서부 운영에 있어서 중요하다. 이 모든 것이 쌓이고 나서야 도서부라는 소명 의식이 조금씩 꿈틀거리는 것 같다.

매해 새로운 도서부를 만나지만 곰이 사람이 되는 그런 기적 같은 일은 갑자기 일어나지 않는다. 가라앉아 있는 의욕을 계속 불어넣다 보면 어느 날 조금씩 조금씩 바뀌는 것 같다.

"선생님, 벌써 1년이 다 되어가는데 2학년 활동이 잘 안 되는 것 같아요. 어떻게 생각하세요? 대책이 필요해요."

이런 어른스러운 목소리의 주인공은 작년 도서부로 들어와 가장 나를 힘들게 했던 인물이다. 학교 급식이 입에 맞지 않는다고 급식시간이 되면 도서관에 와 있다 보니 이야기를 나눌 때가 많았다. 하지만 아이는 까칠했고 모든 것이 부정적이었다. 도서부로서 해야 하는 모든 역할에 부정적이고 몸이 좋지 않은 탓에 학교도 잘 나오지 않았다. 모든 일에 있어서 뒤로 물러나 있던 아이였는데 올해 3학년이 되고 나서는 태도가 달라졌다.

이런 기적은 소소하게 따로 챙긴 간식에서 시작되었다. 급식을 먹지 않으니 늘 배고픈 상태로 도서관에 왔고 내가 먹는 간식을 나눠주며 계속 이야기를 나누다보니 소소한 일상사부터 도서부의 역대 사업까지 공유하는 사이가 되었다. 곰이 사람이 되는 기적은 다른 아이들 모르게 슬쩍 챙겨주는 간식에 담긴 마음으로 시작되었다. 미웠지만 미움으로 끝내지 않고 보듬어주는 마음으로 거리를 좁혀갔다.

곰에서 사람으로 변신한 아이는 평소 2학년들 태도에 대해 함께 모여 의논할 필요가 있다며 3학년들을 모이도록 했다. 모두 모인 자리에서 평소 도서부에서 느끼는 불만을 종이에 써서 내도록 하고 하나씩 꺼내어 읽고 다 같이 대책을 논의했다. 누구보다 무심했던 아이가 이렇게 스스로 움직이는 모습을 보고 깜짝 놀랐다. 내가 원하는 기적은 예상치 못한 흐름에서 갑작스레 생겨나고 있었다.

아이들은 늘 변화한다. 변화의 속도가 내가 원하는 정도가 아닐 수 있다. 하지만 언제나 곰이 사람이 되듯 그 방향성을 유지한다면 그리고 지속적인 바람을 불어넣어 준다면 변화의 기적은 시작된다.

지금은 간식만 탐하지만, 어느 날 훌쩍 자란 아이들의 모습을 보게 될 것을 기대해본다. 곰처럼 보이지만 사람으로 환골탈태할 그날을 위해 오늘도 함께한다.

'우리 도서부', '우리 선생님'이 되기까지

【 박미진 】

2017년은 육아휴직 후 새로운 학교로 발령을 받은 해이다. 쉬다가 복직해서인지 낯선 학교에 적응이 안 된 탓인지, 하루하루가 정신없고 힘이 들었다. 당시 공립 중학교 중에서 학생 수가 가장 많다고 하는 학교였다. 학교도서관을 이용하는 학생 수도 이전 학교보다 많았다. 학교마다 사서교사는 한 명밖에 없기 때문에 학생 수가 많을수록 할 일은 당연히 많다.

점심 시간마다 대출대 앞에는 대출과 반납하려는 학생들이 뒤엉켜 긴 줄이 생겼다. 대출·반납용 컴퓨터 외에 업무용 컴퓨터에도 바코드 리더기를 연결해서 겨우 대출·반납을 처리했다. 점심 시간 내내 도서관에 온 아이들 살피느라 정신이 없었고, 점심 시간이 지난 후에는 비어 있던 북트럭이 3단 앞뒤로 그득하게 찼다.

이렇게 힘든 상황이 아니라도 학교도서관은 혼자서는 감당하지 못한다. 도서부원이 있기에 함께 꾸려나갈 수 있다. 더없이 소중한 존재들이다. 그뿐만 아니라 도서부원은 이용자이면서 봉사자이기에 도서관 독서 행사의 중심이 된다. 걸어다니는 '영업부장'이다. 친구 따라 강남 가듯, 친구 따라 도서관에 오는 아이들이 많다. 그래서 도서부원은 나의 아군이자 동지이면서 최우수 고객이다. 잘 알아서 모셔야 한다.

문제는 내가 3월에 발령받아 온 지 얼마 안 된 시점이라서, 기존의 도서부원과 관계 형성이 부족하다는 점이었다. 3학년 도서부원은 이전 선생님과 줄곧 호흡을 맞춰왔기에, 내 운영 방식이 낯설었을 것이다. 심지어 작년에 안 하던 것을 해서 도서관 이용이 폭발적으로 늘어났으니, 할 일이 많아진 것도 불만 사항에 추가되었다.

이전 학교에서 아이들 반응이 좋았던 도서관 대출 쿠폰제를 실시하면서, 도서관이 북새통이 된 것이다. 대출 쿠폰제란 책을 빌릴 때 자신의 이름을 말하거나 학생증으로 빌려주는 대신에, 도서관 내에 쿠폰 적립 형태의 대출증을 제작하여 비치하는 것이다. 앞면에는 이용자 바코드를 붙여서 대출증으로 활용하고, 뒷면에는 책 한 권을 빌릴 때마다 도장 한 개를 찍어주었다. 도장 열 개, 스무 개를 모을 때마다 작은 간식을 주었다. 백 권을 빌리면 '명예의 전당'에 이름을 올리고 책 한 권을 선물로 주었다.

학생들로 붐비는 학교도서관은 내가 늘 바라던 모습이기에 힘들지만 내심 흐뭇하고 만족스러웠다. 하지만 도서부원들은 작년보다 너무 힘들어졌다며 불만 섞인 항의를 수시로 했다. 1, 2학년은 투덜거리는 수준이어서 잘 토닥이면 이내 받아주어 고마웠다. 하지만 최고 선배인 3학년 도서부원은 고참답게 대놓고 인상을 구겼다. 당시 나는 신규 교사도 아니었는데, 3학년 아이들이 힘겨웠다. 이런 것이 텃세인 걸까?

그즈음 어느 날이었다. 점심 시간이 끝나는 종이 울려도 도서부원들이 교실로 가지 않고 내 주변을 서성거렸다. 뭔가 할 말이 있는 표정이다. 나는 아이들 몇 명에게 거의 포위되다시피 둘러싸였다. 일부러 그런 건 아닌 것 같지만 그런 형국이 되었다.

"선생님, 애들이 도장 찍으려고 읽지도 않고 책을 반납해요. 이거 꼭 해야 하나요?"

"바로 반납하는 애들은 다시 못 빌리게 하거나 진짜 읽었는지 질문이라도 해야 해요!"

"애들이 간식 받으려고 괜히 책 빌려 가요."

"서가에 잘 꽂아둔 책이 돌아서면 엉망으로 흐트러져 있어요."

"작년 샘은 안 이랬는데, 꼭 이거 해야 해요?"

작년 샘이라는 말이 마음에 들어와 꽂힌다. 아이들이 말하는 그 샘은 나도 잘 아는 분이다. 나와 대학 동기로 법 없이도 살 사람이요, 화를 내거나 인상 쓰는 모습을 본 적이 없다. 미루어 짐작건대 도서부 아이들에게 도서관을 전적으로 맡기는 스타일이었나 보다. 아니 정확하게는 아이들은 내가 못마땅한 것이다. 일단은 나도 내 나름대로 말을 해본다.

"그래, 맞아. 그럴지도 몰라. 아마 읽지 않고 도장 찍으려고 빌렸다가 반납하는 애들도 있을 거야. 그래도 이렇게 학교도서관에 와서 책 제목이라도 보고, 한 장이라도 넘겨보면 뭐라도 남는 게 있지 않을까? 그리고 빌렸다고 어떻게 다 보겠어? 몇 권은 그냥 반납할 수도 있잖아."

하지만 내 말이 그들의 마음에 가닿는 것 같지 않았다. 지금까지 나의 도서관 운영에 잘 따라와주었던 이전 학교의 이쁜 아이들이 떠올랐다. 3학년 도서부가 작년 선생님과 나를 비교하듯 나도 이전 학교 아이들과 지금의 아이들을 비교한다.

아이들을 억지로 교실로 올려 보내고 나서 생각했다. 내가 지금 잘하고 있나? 내가 옳다고 생각했던 것들이 진짜 맞는 걸까? 아이들의 요구와 내 운영 철학을 어떻게 조율해야 할까?

3월부터 시작된 팽팽한 긴장감은 5월 스승의 날 즈음 피크에 달했다. 스승의 날에는 으레 졸업생 몇 명이 학교를 찾는다. 만나고 싶은 선생님을 찾아왔다가 선생님이 수업 가서서 자리에 안 계시면 학교를 한 바퀴 빙 돌면서 도서관에 들르기도 한다.

누군가 인사도 없이 도서관으로 불쑥 들어섰다. 나와 일면식이 없어도 대부분 인사라도 하고 들어오는데, 왠지 이상했다. 나를 한번 훑어보더니, 도서관을 어슬렁어슬렁 둘러보는 것이다. 그때 옆에 있던 3학년 도서부장이 이렇게 말했다.

"졸업한 작년 도서부 선배예요. 도서관이 어떻게 변했는지 궁금하대요."

헉! 순간 내가 어떤 사람인지 보러 왔다는 느낌이 들었다. '애들이 나를 간(?) 보러 오다니, 이런 일도 다 있구나!' 일단 흥분하지 않기로 했다.

"작년 도서부였니?"

"네."

"그래, 도서부 애들하고 아직 연락하나 봐?"

"네."

"그래, 도서관 살펴보고 편하게 있다 가."

이런! 말은 너무나 친절하게 나온다.

그 후로 3학년 도서부 아이들의 마음을 얻기까지 한 학기 정도의 시간이 필요했다. 어디 여행을 갔더니 특이한 모양의 초콜릿이 보였다. 나의 불만 고객님(?)들이 좋아할 듯하여 몇 개 사 와서 개인적으로 선물했다. "그냥 네 생각이 나서 사 왔어. 좋아할지 모르겠다." 대충 이런 말을 덧붙였던 것 같다. 다행히 웃는 얼굴로 받아주었다. 겉모습이 어른 같고 까칠하게 굴어도 마음은 아이였다. 맛있는 거 있으면 나눠 먹고, 관심 두고 질문하고, 사소하지만 준비물도 빌려주면서 시간을 쌓아갔다. 내 진심을 알아주고 따라와주기까지 한 학기는 필요했던 것 같다.

사실 나도 학교를 옮기면 반 학기 정도는 이전 학교 아이들이 생각난다. 표현은 하지 않았지만 마음속으로 언제나 비교했던 것 같다. 아이들도 나처럼 새로운 사람과 환경에 적응 기간이 필요했을 것이다.

나중에 원서 쓰는 시기가 되어서 무용과를 지원하는 도서부 친구가 있었는데, 자소서 작성을 적극적으로 도와주었다. 그런 과정을 통과하다 보니 학년 말쯤에는 아주 돈독한 사이가 되어버렸다. 이제는 무슨 말을 해도 잘 따라와주었다.

이렇게 나는 학교를 옮길 때마다 신참이 되어, 도서부 고참들의 눈치를 살핀다. 물론 도서부도 나를 요리조리 살필 것이다. 우리 도서부, 우리 선생님은 그냥 되는 것이 아니기 때문이다. 나와 다른 타인이 만나 우리라는 이름으로 불리기까지는 시간과 함께 서로를 넉넉히 안아줄 애정이 필요하다. 세상의 많은 관계가 그러하듯.

도서관 친구

【 김선애 】

도서관에서 일을 하다 보면 매 쉬는 시간, 점심 시간마다 도서관에 와서 상주하는 도서관 친구들이 생긴다. 은지, 민섭이, 채원이… 머릿속에 떠오르는 고마운 이름들이 있다. 그 아이들이 좋아하는 일은 주로 책을 대출하고 반납하는 일이다.

하늬글샘 도서관과 동고동락한 태형이. 태형이는 '너의 책을 말해줘'라는 도서관 프로그램에 『5월 18일, 맑음』이라는 책을 읽고 참여했다. 인쇄물을 보고 발표하는 다른 참가 학생들의 모습에 비해 자기가 쓴 글을 외워서 떨리는 음성으로 5분 정도 내용을 전달하는 태형이의 모습은 인상적이었다. '바쁜 고등학교 생활에서 저렇게 발표하려면 얼마나 많은 시간을 들여 연습했을까?' 하는 생각이 들었다. 그때부터 태형이를 눈여겨보았다. 그 후 몇 달 뒤 태형이가 참여한 저자와의 만남 프로그램의 후기를 읽게 되었다.

차별하지 않고 중립을 지키는 사제가 되고, 차별의 격차가 줄어든 사회를 만들도록 노력하는 사제가 되어야겠다.

사제? 내가 잘못 본 줄 알고 다시 읽어보았다. '사제'라고 또박또박 적혀 있었다. 태형이가 얼마나 공부를 잘하고 성실한 학생인 줄 알기 때문에 더 당황스러웠다. 대개 공부를 잘하는 학생들이 희망하는 직업은 의사, 교사, 법조인이다. '태형이가 사제의 길을 가려고 하는구나!'

태형이는 사제와 선생님이 되는 길 사이에서 고민하고 있었다. 1학년이니 아마 공부하다 보면 또 다른 진로를 선택하고 싶을 것이라고 생각했다. 1학년을 마무리하는 2020년 겨울, 태형이가 도서관에 찾아와서 수줍게 질문했다.

"도서부에 제가 들어갈 자리가 있을까요?"

이렇게 성실한 학생이 도서부에 지원하겠다는 말을 해서 내심 기뻤지만 "두 자리 정도 비지만, 지원하는 학생들과 경쟁해서 선발되어야 해"라고 알려주었다. 글쓰기와 면접을 보는 도서부에 태형이라면 무난히 뽑힐 거라는 것을 알고 있었다.

2학년 때 태형이는 도서부원이 되었고, 도서관에 오래오래 머물면서 일을 도와주기도 하고 각종 도서관 프로그램에 참여했다. 그리고 책을 읽거나 일상에서 느낀 것들에 대해 본격적으로 시로 풀어내기 시작했다.

스승의 날 즈음에는 이런 시를 적은 엽서를 건넸다. 내가 태형이가 쓰는 시의 소재가 될 수 있다는 것이 기뻤다.

석류 (부제: 선애샘에게)

알알이 씨가 있어 발라먹기 귀찮고

버릴 게 너무 많아 다 먹으면 아쉬운

석류

하나둘 사라지고 자주 먹기 애매한

좋아는 하더라도 찾아 먹긴 아쉬운

석류

그래도

빠알간 석류의 열정적인 내면과

새콤달콤 손 가게 만드는 매력 있는

석류

석류 같은 샘 덕에 올 한 해도 즐겁게

보낸 것 같아요 내년에도 파이팅!

3학년이 된 태형이가 사제가 되고 싶다는 생각에 변함이 없다는 것을 도서관 프로그램 참여 후기에서 알게 되었다. 하나 더해서 '시를 쓰는 사제'가 되고 싶다고 했다.

"응용언어학자는 사람의 말을 곱씹어보는 사람이라면, 사제는 하느님의 말을 곱씹어 깨달음을 얻는 사람이다. 어쩌면 서로 같은 일을 하는 사람이라는 생각이 들어 좋았고, 평소 내가 '시 쓰기'라는 취미를 통해 말의 의미를 곱씹어보고 있었다는 것이 또한 흥미로웠다."

태형이는 졸업하면서 2년 동안 쓴 시를 자가 출판 플랫폼에서 출판하게 되었다는 소식을 들려주었다. 제목은 『남들 공부할 때』. 이 시집을 주문해서 읽어보니 평범한 고등학생이 겪는 일상에 대한 시가 빼곡히 적혀 있었다.

하늬글샘

매일매일 도서관에 가는 건

도서관이 좋아서일 거야

선생님도 반갑게 맞아주시고

찾아오는 애들도 웃음 짓는

도서관이 좋아서일 거야

교실에서 친한 친구들 얘기 소리

방송실에서 들려오는 음악 소리

온갖 신나는 것들이 많이 있지만

안 하고 참아가며 찾아가는

이유는

그날의

성당같이 고요한 방과 후의

우리 둘만 있었던 그날의

도서관이 좋아서일 거야

시집의 책날개에는 이런 구절이 있었다.

2021년 여름 학교도서관이 주최한 〈일상의 리터러시 향상을 위한 독후활동 하기〉 프로그램에 참여하면서 시 쓰기의 취미를 가지게 되었다. SNS에 처음으로 〈어린이에게〉라는 시를 올렸다.

도서관 운영에서 태형이에게 3년 동안 도움만 받은 줄 알았는데 나도 작은 도움을 주었다는 것을 알게 되어서 기쁘고 다행스러운 마음이 들었다. 나는 학교도서관에서 오래오래 일하기를 희망한다. 때로는 혼자서 도서관을 꾸려나가는 것이 버거울 때도 있지만 사서교사로서 남고 싶은 건 태형이 같은 친구들이 있어서이다. 학교라는 공간에서 교사와 학생으로 만났지만, 사실 아이들이 나보다 더 큰 그릇을 가지고 있다는 생각이 든다.

앞으로 얼마나 더 많은 '제2의 태형이'들을 만나게 될까. 나이와 세대를 초월해서 친구가 되기도 하고 배움을 주기도 하는 아이들. 오늘도 도서관 친구를 기다린다.

위로가 필요한 순간

【 정지원 】

학기 초, 아이들의 관심은 온통 반 배정에 쏠려 있다. 반 배정은 아이들의 일 년을 결정하는 아주 중요한 문제이다. 그래서 아이들은 반 배정이 나는 날을 떨리고 긴장된 마음으로 기다린다. 보통 반 배정은 학교 홈페이지를 통해 공개하는데 그 결과에 따라 학생들의 희비가 엇갈린다. 친한 아이가 같은 반이 되었는지, 불편한 아이가 반 명단에 들어 있는지, 친해지고 싶은 아이가 같은 반이 되었는지에 따라 아이들의 기분은 천당과 지옥을 오고 갈 것이다.

나는 담임이 아니라서 3월, 개학 첫날의 분위기를 정확하게는 알 수 없지만 학생들이 해주는 이야기를 통해 학기 초 치열하게 눈치싸움을 벌이는 반의 분위기를 짐작한다. 일 년 동안 같이 지낼 친구들을 찾느라 아이들의 눈동자는 바쁘게 돌아간다.

학기 초에 학생들은 함께 다닐 친한 친구 그룹을 형성한다. 어른들도 그렇듯이 모두와 친하게 지낼 수는 없다. 그렇기에 마음에 맞는 친구를 사귀고 함께 점심 시간도 보내고 조별 활동도 같이한다. 학기 초반을 넘어서면 그룹에서 어울리지 못하는 학생들이 생겨난다. 그 학생들은 자주 도서관에 온다. 가끔은 힘든 마음에 점심도 먹지 않고 도서관에 머무는 아이도 있고, 눈물을 보이는 아이도 있다. 참 마음이 아프다. 아이들의 사회생활도 녹록지 않다는 사실을 알고 있기 때문이다. 그래서 일부러 말도 걸고 간식도 주면서 아이의 마음을 풀어주려고 노력한다. 그러다 보면 친해져서 학생도 마음의 문을 열고 도서관에 조금은 편한 마음으로 오는 것을 느낄 수 있다.

그러다가 어느 순간 자주 오던 학생이 오지 않을 때가 있는데 그때는 학생이 드디어 반에서 마음에 맞는 친구를 찾았다는 신호일 때가 있다. 나도 기쁘고 학생에게도 참 좋은 일이지만 가끔은 단골손님(?)을 잃어버린 느낌이라서 조금 서운한 감정이 들기도 했다.

도서관에 자주 오는 또 다른 그룹은 특수반 학생들이다. 마음이 아프게도 특수반 학생들의 경우 친구 사귀기에 어려움을 겪는다. 좋은 반 친구를 만나서 잘 지내기도 하고 반 학생들도 잘해주지만 깊게 관계를 맺는 데 어려움을 겪는 것 같다. 그래서 자주 도서관을 방문한다.

한번은 아주 질문이 많은 특수학생이 도서관에 온 적이 있었다. 학기 초부터 시작해서 두 달이 넘도록 점심 시간에 찾아와 엄청나게 많은 질문을 했다.

"샘, 오늘 점심 뭐예요?"

"샘, 오늘 몇 시에 학교 왔어요?"

아주 간단한 질문이고, 학생은 편하게 나에게 질문을 했겠지만 하루에 10개가 넘는 질문을 하는 통에 가끔은 업무를 보는 데 영향을 받기도 했다. 학생에게 상처 주지 않고 지혜롭게 관계를 맺어갈 방법이 무엇일까 고민하며 친한 특수 선생님께 도움을 요청했더니 그 선생님께서 아주 좋은 해결책을 제시해주셨다.

"샘, 질문을 하루에 3개만 하도록 제안해보세요."

바로 효과가 있었다. 학생은 어떤 질문을 할지 고민하더니 정말 딱 3개의 질문만 했다. 학생은 외롭지 않게 적당히 나와 이야기를 나누고 나도 내 일을 방해받지 않고 지낼 수 있었다.

또 다른 그룹으로 나에게 말을 걸고 싶어 하는 학생들이 있다. 그 학생들은 도서관 대출 반납대 앞을 자주 기웃거린다. 아이들은 아주 작은 질문을 나에게 던지면서 자신의 이야기를 해준다. 오늘 학교에서 있었던 일, 자신이 지금 관심 있는 일, 반에서 일어났던 일 등 다양한 이야기를 해준다. 아이들 이야기를 들으면서 농담도 하고 나도 질문을 하면서 점차 친해진다. 나는 학생들이 책을 읽을 수 있도록 유도한다.

한번은 한 학생과 이야기를 나누고 있는데 그반 담임 선생님이 오시더니 "너 이렇게 말을 잘하는 아이였구나!" 하면서 깜짝 놀라셨다. 나에게는 이렇게 말을 잘하던 아이가 수업 시간이나 쉬는 시간, 반에서는 별로 말을 많이 하지 않는다는 사실에 나도 놀랐다. 학생의 외로움이 도서관에서나마 조금이라도 채워지기를 바라게 되었다.

어른이건 학생이건 누구에게나 인간관계는 중요하다. 편하게 이야기하며 웃고 울고 떠들 사람이 필요하다. 학교라는 작은 사회도 마찬가지다. 누구나 겪을 수 있는 인간관계의 시련을 조금이라도 위로받을 수 있는 공간이 필요하다. 나는 그 공간이 학교도서관이라고 생각한다.

학교도서관은 누구나 올 수 있는 열린 공간이다. 점심시간에 친구들 무리에 어울리지 못해도 올 수 있는 곳이고, 친구들과 함께 올 수도 있는 곳이다. 다양한 책을 통해 위로받을 수도 있다. 학생의 말을 귀담아 들어주는 사서교사로 인해 우리 학생들의 학교생활이 조금이라도 행복해지길 바란다.

참 고마운 사람들

【 김승수 】

그때는 몰랐지만 돌아보면 참 감사한 순간이 있다.

나에게 그 순간은 2011년~2014년 하늬 고등학교에서 근무하던 때다. 교직 생활 중 가장 많이 배우고, 가장 많이 성장한 해라고 생각된다. 체력적으로 가장 힘들었지만 가장 즐거웠고, 그 당시를 떠올리면 수많은 추억이 몽글몽글 떠오른다. 무엇보다 나와 함께했던 선생님들에게 아직도 참 감사하다.

'한 아이를 키우려면 온 마을이 필요하다'라는 말이 떠오를 정도로 이 시기에는 나를 이끌어주고 도와준 선생님들이 많이 있었다.

학생 20여 명이 54일간 현미 채식 급식을 경험하는 프로젝트를 학교에서 진행하고 있었다. "선생님, 현미 채식 하는 친구들과 2박 3일 독서캠프를 가려고 하는데 함께 가주실래요?"

만석 선생님의 제안이었다. 2박 3일이라니 부담스러웠지만 독서캠프라는데 빠질 수가 없었다. (책, 독서가 들어가면 내 일인 것 같은 왠지 모를 책임감!) 그렇게 만석 선생님과 트럭에 책을 한가득(약 100권) 싣고 지리산 둘레길 4코스 의중마을 불이산방으로 떠났다.

〈 주요 활동 〉

1. 아침 명상 시간 및 단전 호흡

2. 자유 시간– 산책 및 자유 독서

3. 식사– 조별 현미 채식 재료로 직접 요리하기

4. 서암정사 산책 및 지리산 둘레길 4코스 걷기

5. 토론 시간

– 책 안 읽는 친구 책벌레로 만드는 방법

– 독서캠프를 성공하는 7가지 방법, 망치는 7가지 방법

6. 저녁 시간– 한자리에 모여 책 소개하기

이 행사는 그야말로 문화충격이었다. 당일로 문학관과

문학 작품 배경지를 여행하는 문학기행은 해보았지만 오로지 책 읽기를 목적으로 독서캠프를 와본 것은 처음이었다. 거기다 트럭에 마구 실린 책이라니…. 참 낯선 광경이었다. 깊은 산속, TV도 없이 오로지 책과 자연과 사람만이 함께한 독서캠프는 새로운 경험이었고, 낭만과 추억이 가득한 순간이었다.

이 독서캠프를 시작으로 선생님과 여러 곳을 다녔다. 1박 2일 강진 다산초당과 장흥 이청준 생가, 부산 인디고 서원, 순천 태백산맥 문학관과 순천만, 안동 이육사 문학관과 도산서원, 하회마을 등 전국을 두루 다녔다. 이청준 생가에 갔을 때는 「눈길」을 학생들과 돌아가며 낭독하고, 「서편제」 영화 촬영지에서는 북을 치고 사진을 찍고, 다산초당에서는 정약용의 『유배지에서 온 편지』 독서퀴즈를 하는 등 장소마다 다양한 활동을 진행했다. 선생님은 문학기행뿐만 아니라 '학교 고쳐 쓰기 공개토론회', '학부모, 자녀가 함께하는 독서토론' 등 여러 독서 활동을 기획하고 나에게 함께할 기회를 주셨다.

"선생님 덕에 정말 많이 보고 배웠습니다."

"이제 김 선생님도 혼자서 잘할 수 있을 거예요."

"아니에요. 전 선생님처럼은 못할 거 같아요."

또 한 번의 행사를 마친 어느 날 선생님은 밥을 사주시며 이제는 혼자서도 잘할 수 있을 거라며 다독여주셨다. 그렇게 선배 선생님의 등을 보며 함께 일하고 배우는 일은 참으로 편하고 즐거운 시간이었다. 선생님이 이동하실 때는 천군만마를 잃은 듯한 아쉬움과 혼자 해내야 한다는 불안감이 엄습하기도 했다. 지금 생각해도 참 고마운 선생님이다.

그동안 보고 배운 건 많았지만 막상 혼자 문학기행을 준비하려니 쉽지 않았다. 머릿속에 떠도는 생각은 많았지만 실현하기에는 막막한 느낌.

어찌어찌 학생들을 모으고, 함께 가고 싶은 선생님을 모집한 후 또 어찌어찌 경주 문학기행을 다녀왔다. 만석 선생님 없는 이번 기행은 밋밋하고 평범했다. 하지만 이번 기행에서 새로운 귀인(?)을 만나게 되었다.

나와 평소 일면식도 없던 1학년 담임 전국어 선생님. 혼자 동분서주하면서도 학생들 사이에서 즐겁게 놀고 있던 그 선생님의 모습이 아직도 눈에 선하다. 보통 선생님들은 버스 앞자리에 앉는데 인싸들만 앉는다는 버스 뒷자리, 그것도 학생들 가운데 앉아서 노는 모습은 신기하기도 했다. 어느 날 그 선생님이 도서관을 찾아왔다.

"선생님 ~ 제가 문학기행을 기획해봐도 될까요?"

"네?!"

사실 정확한 시작은 기억나지 않는다. 결론은 이 선생님과 도서관 문학기행 전성기의 제2막을 열었다는 거다. 그리고 다른 도서관 행사에도 많은 도움을 받았다.

전국어 선생님은 학년 담임이다 보니 동 학년 선생님들의 문학기행 참여를 이끌어주셨다. 담임 선생님의 참여와 전국어 선생님의 기획으로 학생들 사이 문학기행 인기가 올라갔다. 경쟁률을 뚫은 학생들만 문학기행을 떠날 수 있었다. 주말에 가는 기행이라 참여자 모집에 골머리를 앓던 과거를 떠올리면 정말 문학기행의 전성기가 아닐 수 없었다. 거기다 사진을 잘 찍는 정수학 선생님도 모셔 와 나름의 어벤저스가 꾸려지게 되었다.

계획서 작성 및 숙박과 식당 섭외, 전체 일정 조율은 내가 맡고, 학생 활동은 전국어 선생님이, 사진 촬영 및 사진 인화는 정수학 선생님이 맡아서 해주셨다. 그리고 같이 간 선생님들은 학생들 사이 사이에서 함께 웃고 놀며 즐거운 시간을 만들어주셨다. 이렇게 세 명을 중심으로 1박 2일 서울 북촌마

을과 윤동주 문학관, 춘천 남이섬과 김유정 문학촌, 통영 류치환 문학관과 한산도, 전주 최명희 문학관과 한옥마을, 고창 읍성과 미당 시문학관 등 전국 방방곡곡을 돌아다녔다.

"나의 국내 여행은 하늬 고등학교 문학기행으로 다했다" 라고 말할 정도로 하늬 고등학교에서 평소 가보지 못했던 곳을 여행했다. '여행'이라고 말할 수 있을 만큼 즐거웠다. '일'이 아니라 손에 꼽을 만큼 내 삶에 즐거운 추억이 되었다. 함께했던 선생님과 학생들도 그렇지 않을까.

어벤저스 팀의 두 번째 활약은 가을밤, 시 낭송 축제였다. 문학기행 때 카메라를 들었던 정수학 선생님은 이번에 기타를 들었다. 전국어 선생님은 교사팀을 꾸려 이들과 함께 마이크를 들었다. 선생님들 공연 소식이 알려지자, 학생 참여율이 높아졌다. 점심시간 삼삼오오 모여 노래 연습하는 선생님들의 모습은 흐뭇하기도 하고 고맙기도 했다. 그렇게 두 해 동안 가을밤이 아름답게 물들 수 있도록 힘을 보태주셨다.

사실 내가 가장 많이 배우고 성장한 부분은 일을 멋지게 해내는 업무 능력이 아니라 '함께하는 것은 힘이 세다'라는 것을 몸소 느끼고, 함께하는 사람들의 소중함과 감사함을 알게 되었다는 점이다.

지금도 내 힘의 원동력은 주변 동료들에게 있다. 한 학교에 같이 근무하는 선생님들, 한 공간에 있지 않지만 같은 길을 걸으며 정보를 나누고 서로의 고민에 진심을 다해 주는 사서 선생님들. 학교도서관은 혼자서 근무하는 공간이다. 때론 '별당아씨'라 불릴 정도로 춥고 외로운 날들도 있었다. 하지만 내 곁을 지켜주는 선생님들이 있기에 오늘도 참 든든하다.

남는 건 사람뿐

【 문다정 】

"선생님, 오늘까지 신청하는 날이에요."

"선생님, 이 파일 한 번만 더 보내주실 수 있어요?"

"이번 달 행사는 뭐 하시는지?"

"도서관에 잔류 학생 지도 문의가 들어왔어요. 선생님들 생각은 어떠세요?"

아침에 출근하자마자 메신저를 클릭한다. 학교에 있는 사서교사는 도서관 업무에 있어서는 혼자라고 느낄 때가 많다. 하지만 메신저를 통해 만나는 동료가 있어 든든하다.

도서관 업무를 하다 보면 신선한 변화가 필요할 때가 있다. 매해 하는 업무지만 헷갈리는 일도 있고, 마감 기한이 있는 일을 깜빡하는 경우도 있다. 이래저래 혼자서는 헤맬 때가 많다.

그럴 때 필요한 건 뭐다? 사서샘들과의 단톡방이다. 비슷한 시기에 행사를 고민하고, 내려온 독서 예산을 효과적으로 쓰는 방법을 함께 논의하기도 하고 학교에서 소소하게 벌어지는 일에 대한 고민을 토로하기도 한다.

이 단톡방이 없었다면 혼란의 시간들을 어찌 보냈을까. 언제나 온화하고 중심을 잘 잡아주는 A선생님, 기획력과 추진력으로 무장한 B선생님, 차분하고 부지런한 C선생님, 분위기 메이커 D선생님까지 모두 각별하게 느껴진다. 동료를 넘어선 동포애 같은 무언가.

한때는 내가 가지지 못한 선생님들의 재능이 부럽기도 하고 나만 못나 보여 괴로운 순간도 있었다. 하지만 그럴 때조차 챙겨주고 함께하자고 북돋아주는 동료 선생님들이 있어 감사함을 잊고 사는 내 모습이 부끄러웠다.

같은 길을 걷고 있는 사서교사 40여 명. 20년이 지났지만, 시작할 때와 많이 달라지지 않은 숫자다. 그래서 그런지 소수로 만나는 이들과는 더 애틋함이 있다. 같이해온 세월 동안 함께 해온 일이 많아서이기도 할 테다. 사서교사 정원

충원을 외치며 국회 앞에서 시위하던 날, 교육청 각종 독서 행사에서 부스를 운영하던 날, 1정 연수를 함께 받은 순간들, 독서치료부터 미술치료, 음악치료까지 독서와 접목할 수 있는 접점을 찾기 위한 각종 연수 현장 등 사서교사로서 걸어온 길에서 우리는 함께 머물렀다. 그 시간이 쌓여 여기까지 왔다.

받은 도움이 많아 다 돌려드릴 수 있을지 모르겠다. 20년 세월 동안 이 동료들이 없었다면 어려웠을 것이다. 남은 20년을 예상해 보건데 동료가 없다면 어려울 것이다. 아니 불가능할 것이다.

"선생님, 중간만 하면 돼요."

일이 버겁던 어느 날 나에게 가볍게 던져준 말에 다시 움직일 수 있었다. 연차가 쌓였으니 앞에 가야지, 뭔가 도움이 되어야지 하며 무거운 짐을 진 내 어깨를 가볍게 해준 말이었다. 내가 누굴 이끌고 말고가 아니라 함께 나란히 해주는 것만으로도 큰 힘이 된다는 것을 알려주었다.

섬 같은 도서관에서 메신저를 통해 만나는 선생님들을 통해 하루가 열린다. 나 혼자만의 고민으로 끙끙거릴 때 선생님들 덕분에 또 하루를 잘 살아낸다. 익숙해져서 잊어버리지 말아야 할 동료의 고마움이다. 메신저 채팅창에 떠 있는 빨간색이 오늘도 반가워 서둘러 클릭해 본다. 나를 이 세계에 머물게 하고 나아가게 하고 힘들 때 따뜻하게 위로해주는 이분들을 위해 좀 더 나은 사람이 되고 싶고 좋은 사람이 되고 싶다. 남는 건 사람뿐이다.

수업 이야기

도서관에서 미술 수업을

【 김다정 】

"선생님… 번거로우시겠지만, 책 좀 많이… 빌려 가도 될까요? 수업에 한번 써보려고요."

"그럼요. 당연하죠, 선생님!"

7월과 12월. 냉난방을 포기할 수 없는 두 달을 제외하고 학교도서관 운영 시간에는 늘 도서관 출입문을 활짝 열어둔다. 예전 빛 한 줄기 들어오지 않는 커다랗고 오래된 나무 문이 있는 학교도서관에 근무했었는데(2년 후 문에 유리 좀 넣어 달라고 부탁해서 문을 바꾸긴 했지만) 그때 학생들이 노크하고 도서관에 들어오는 걸 어려워했던 기억이 있기 때문이다. 늘 열려 있으면 드나들기가 얼마나 자유로운가. 특히나 별관인 지금 학교에서는 짧은 쉬는 시간에 제법 먼 도서관에 온 친구들이 1~2초라도 시간을 아낄 수 있는 방법이기도 하다.

첫째, 출입이 쉬운 도서관.

둘째, 서가를 떠난 책이 많은 도서관.

이것이 내가 좋아하는 학교도서관 모습이다. 문을 열어두는 건 첫 번째 모습을 실현하기 위한 노력이다.

서가를 떠난 책이 많다는 것은 책이 많이 활용되고 읽힌다는 의미다. 학생들과 선생님들의 베스트 질문은 "책 빌려 가도 돼요?"이다. 대답은 언제나 당근 버전이다. (당연하죠. 그럼요. 네.)

책 대출은 학교도서관의 가장 기본적인 역할이자 사서교사의 업무이다. 아쉽게도 한 분야의 책만 많이 대출된다. 바로 '문학(800)'이다. 소장하고 있는 주제 비율이 가장 높고 권수가 가장 많다. 우리 학교도서관에 있는 문학 영역 자료만 해도 약 43%로 13,000권에 이른다. 수서할 때면 000(총류) ~ 900(역사) 주제별로 비율을 고려해 다양한 자료를 구입하려고 눈이 빠지도록 열심히 검색하지만, 막상 책이 들어오고 나면 문학 이외의 자료에 대한 활용률은 상당히 낮아서 늘 아쉬움이 남는다.

그런데 수업에 쓰려고 많이 빌려 가신다니, 이렇게 반가울 수가. 더욱이 미술 선생님이 말이다. 600(예술) 서가에서 독자를 기다리는 저 많은 책이 빛을 발할 수 있는 순간이다.

"네~ 그럼요! 어떤 주제로 수업하려고 하시나요?"

"다음 달부터 7~8차시 정도로 진행하는데 현대 미술 작가의 삶과 작품 세계를 담은 책 표지를 디자인하는 모둠 활동을 하려고 해요."

"책 표지 디자인이라, 멋진걸요? 그럼 현대 미술 사조별 작가와 작품을 찾아볼 수 있는 자료를 준비하면 되겠죠? 제가 지원하고 함께할 부분이 있으면 언제든 말씀해 주세요. 아이들이 책을 검색할 수 있도록 검색 방법 교육이나 참고한 자료의 출처를 적는 것도 안내하면 좋을 것 같아요."

"어머, 너무 좋아요. 그럼 괜찮으시다면 우선 선생님과 제가 미리 관련 책을 빼뒀으면 해요. 그리고 추가로 필요한 자료를 검색하는 방법에 대한 안내, 책 표지 디자인이니만큼 책 표지 구성 요소도 사서 선생님이 안내해주시면 더 좋을 것 같은데. 앞 차시 함께 진행해주시면 어떨까요?"

"좋죠, 선생님! 준비해 보겠습니다."

이렇게 갑작스럽지만 즐거운 학교도서관 활용 수업이 잡혔다. 학기 초 모든 선생님께 안내하지만 숨 돌릴 틈 없이 지나가는 1, 2학기를 보내다 보면 학교도서관에서 수업하기가 생각보다 녹록지 않을 때가 많다. 그나마 국어과에서 꾸준하게 활용한다. 국어 시간 한 학기 한 권 읽기 도서를 함께 선정한 후 비치해두고 지원하거나 수업 중 도서관에 와서 읽을 때 잠깐씩 지도를 함께하는 경우가 있으니까 말이다. 이외 역사나 사회, 진로 수업도 도서관에서 진행되는 경우가 제법 있었다. 그런데 예체능 교과는 처음이었다. 신선하고 설렜다!

초반 이론은 도서관에서, 후반 제작 작업은 미술실에서 실시하기로 했다. 전체 흐름을 함께 협의한 후 도서관에서는 사서교사 중심, 미술실에서는 교과교사가 중심이 되어 이끌어가는 것이다.

학생들이 디자인할 책 표지는 앞 표지+앞 날개+뒤 표지+책등까지를 모두 포함하는 것으로 부분별로 구성 요소를 안내하고, 같은 책 다른 표지의 여러 사례를 제시하여 표지 디자인의 중요성을 확인할 수 있도록 했다. 또한 국제표준도서번호(ISBN) 체계를 알려준 후 가상의 ISBN 번호까지 설정해 그야말로 완벽한 표지가 될 수 있도록 계획했다. 아울러 추가로 필요한 참고 자료를 학교도서관에서 효율적으로 검색하는 방법, 서가에서 직접 찾는 방법 등을 곁들여 설명해 학생들의 정보 탐색을 도왔다. 다음 시간에는 도서관에서 직접 책을 찾고 활동지에 정리하며 교과서에 수록된 미술 사조 이론을 학습했다. 이후 제작 활동은 미술실에서 진행되었는데, 미술 선생님의 말씀에 따르면 다양한 책을 활용해 싣고 싶은 내용을 많이 정리하다 보니 모둠당 하나로 주어진 책 표지 내에 한정된 정보를 잘 넣기 위해 굉장히 고민을 많이 하는 모습을 볼 수 있었다고 한다.

마지막 시간, 미술 선생님과 미술실에서 함께 수업을 진행했다. 책 표지를 마무리하고 발표하는 시간이었다. 모둠별로 나와서 조사한 미술 사조, 선택한 작가에 대해 설명하고 그 작가를 주제로 한 책 표지를 공개했다. 학생들이 만든 책 제목은 '몬드리안에 대해 몬들었니?', '팝아트 어디까지 파봤으?', '달리구트 꿈 백화점', '팝야호~~ 앤디 워홀씨 찾기', '피카피카 피카소' 등 귀엽고 신선했다.

책 표지를 펼쳐 들고 특별히 중점을 둔 포인트를 설명하는 모습은 흡사 출판사 디자인 디렉터였다. 칠판을 가득 채운 책 표지는 어느 기성 표지보다 멋지고 창의적인 작품이었다.

예체능 도서관 활용 수업은 조금 낯설다고 생각했는데,

충분히 확장 가능했다. 이번 활동만 하더라도 음악(음악가, 음악 사조, 나라별 음악 소개), 체육(스포츠·건강 관련 정보 소개) 등의 주제로 접목이 가능하며 편집 앱을 사용하여 웹 도서의 책 표지 제작으로 응용도 가능하다고 미술 선생님과 후기를 나눴다. 전체 시간이 모둠 활동으로 진행되다 보니 시끌벅적하긴 했지만, 특별실에서 하는 수업의 묘미가 아니랴. 미술 선생님도 나도 즐거운 경험이었다. 내년에는 더 많은 자료를 확보해 업그레이드 판으로 다시 도전해보기로 했다.

학교도서관 활용 수업을 진행하면 책을 흩트릴까 또는 혹시라도 훼손할까 걱정하는 경우가 많다. 학교도서관 책은 여러 선생님과 아이들의 손을 타야 제 임무를 다하는 것이 아닐까. 다른 교과 수업에서 더 많은 책이 서가를 뛰쳐나오길 바란다. 서가에 얌전히 꽂혀만 있으면 뭐 하랴. 책은 서가를 떠나 독자 손에 있을 때가 가장 보기 좋고, 읽혀야 제맛이지!

아이들도 흥이 나고 나도 흥이 나고

【 박미진 】

학교에서 '사서샘'이 아니라 '도서관샘'으로 불릴 때가 있다. 아이들이 그렇게 부른다. 간혹 선생님들도 그렇게 부른다. 도서관에 있다고 생각해서 '도서관샘'인 듯한데, 관심의 표현으로 생각해서 반갑게 인사에 호응한다. 시험감독을 배정받아 교실에 가면 "도서관샘도 시험 감독해요?"라고 묻는다. 반가워서 하는 말이기에 씽긋 웃어 보인다.

사서교사는 수업을 주된 업무로 하지는 않는다. 하지만 도서관 활용 수업이나 단독 수업과 같이 교과와 협력해서 수업을 진행하거나 단독으로 수업해야 하는 경우가 많다. 그래서 수업에 대한 지식과 기술뿐만 아니라 노하우와 감각이 필요하다.

3. 수업 이야기

사서교사가 단독으로 하는 수업은 중학교의 경우 동아리 수업, 집중채움 수업, 자유학기제 주제선택 수업 등이 있다. 고등학교에서는 동아리뿐만 아니라 교양교과나 소인수과목 수업도 하는 것으로 안다.

단독으로 하는 수업은 온전히 나에게 맡겨지기에 조금 부담이 된다. 일반 교과는 교과서도 있고, 지도서나 문제집이 있지만 우리는 대부분 직접 자료를 만들어야 한다. 이는 단점이기도 하지만, 장점이 되기도 한다.

중학교에서는 자유학기제 주제선택 수업이 주어지는 경우가 많다. 나는 주로 책놀이 수업을 준비한다. 독서에 놀이라는 요소를 적절히 섞어서 여럿이서 재미나게 노는(?) 활동이다. 몇 년 전 책놀이 연수를 받고는 이것에 빠져 줄곧 놀이 형태의 독서 프로그램을 만들고 적용해보고 있다.

보통 20차시로 구성되며 주당 2차시가 연강으로 이루어진다. 10회의 수업이 1기로 구분되어 학기당 1, 2기가 운영된다. 1기와 2기는 거의 동일한 내용으로 구성된다.

첫 시간은 '1음절로 자기 소개하기'를 한다. 상호 친밀감이 형성되지 않았기에 서로를 알아가는 과정이 필요하다. 책놀이라는 큰 틀 안에서 자기 소개하는 활동도 책과 연결해서 진행한다.

카피라이터 정철의 책『한글자』는 매 수업 첫 시간에 활용하는 자료이다. 이 책은 한 글자로 이루어진 수백 단어를 제시한다. '돈, 벼, 자, 똥, 혁, 열, 칸, 곁, 뒤, 힘, 1, 2, 3' 등 정말 많은 1음절 단어를 저자의 시선으로 재정의한다. 그리고 일러스트로 시각적인 이해를 돕는다. 정답을 가리고 화면에 본문을 띄워 무엇에 대한 설명인지 맞추는 활동을 한다. 그리고 첫 시간이니까 자기소개를 1음절로 해보자고 제안한다.

"먼저 선생님을 1음절로 소개해볼게요. 선생님을 한 글자로 표현하면 '흥'이에요. 왜 '흥'일까요?"

"잘 삐져서?"

"하하하"

"여기서 흥은, '흥치뿡'할 때 흥이 아니라, 재미있을 때 흥이 난다고 말하잖아요. 재미없는 것은 시켜도 하기 싫고, 흥이 나는 것은 누가 안 시켜도 찾아서 한다는 의미로 '흥'이라고 지어봤어요."

이렇게 말하며 친구들 표정을 살펴본다.

"우리 친구들도 자신의 성향이 어떠한지, 내가 어떤 사람인지 생각해보고 특징을 담아낼 수 있는 한 글자로 자신을 표현해볼까요? 거창하지 않아도 됩니다. "

학생들은 자기 모습을 곰곰이 떠올리고는 신중하게 한 글자를 쓴다.

－멍: 평소에 멍때리는 것을 좋아해서

－잠: 잠을 잘 때가 제일 행복해서

－물: 평소 물을 자주 마시고 물처럼 시원 시원한 성격이라서

－냠: 먹는 것을 좋아하고 음식을 통해 행복감과 만족감을 많이 느끼는 사람이라서

－손: 손으로 무엇이든 만드는 것을 좋아해서

－봄: 봄처럼 마음이 따뜻한 사람이라서

－못: 못처럼 한 번 꽂히면 잘 빠지지 않아서

－힘: 남에게 힘이 되어주는 것을 좋아하지만 실제로는 체력적으로 힘이 약하고 힘이 필요해서

－씨: 지금은 비록 작아 보여도 나중에 점점 크게 자라날 가능성이 있는 존재이기 때문에

－?: 평소 호기심이 많아서

－근(根): 나무 전체에 영양분을 주고 자라게 하는 것이 뿌리인데 나도 그런 존재가 되고 싶어서

이렇게 『한글자』 책도 같이 읽고 1음절 자기소개도 하고, 진진가 게임(진짜진짜가짜 게임: 가짜 1문장 찾기)으로 자기를 소개하는 문장도 만들면서 서로를 알아간다.

수업 활동 중에 오디오북 만들기가 있다. 우리는 늘 다른 사람이 만들어주는 독서 자료를 소비한다. 유튜브도 다른 사람이 만든 영상을 주로 시청한다. 오디오북 만들기는 학생들이 독서 크리에이터가 되는 활동이다.

"오디오북이 뭔지 아는 사람 있나요?"

"네, 들어봤어요."

"오늘은 오디오북이 어떤 책인지 알아보고, 여러분이 직접 책을 녹음해서 오디오북을 만들어볼 예정입니다."

오디오북 대본은 크게 세 가지 영역으로 구성된다. 시작하는 멘트, 중간에 책 본문 낭독, 마무리 멘트이다. 시중의 오디오북을 샘플로 들려준다. 샘플 책은 아이들이 잘 아는 책으로 정한다. 『어린 왕자』, 『달러구트 꿈 백화점』을 들려주었다. 오디오북의 처음과 중간, 마지막을 들려준다.

대본 작성을 위한 활동지는 시작, 중간, 마무리로 영역을 나눈 한 장짜리 표이다. 시작하는 문구는 대략 "안녕하세요.

○○중학교 1학년 ○○○입니다. 제가 오늘 소개할 책은 ○○○ 작가의 ◇◇입니다. 여행을 좋아하는 작가의 생각을 엿볼 수 있는 책인데요. 오늘 낭독할 부분은 ▯▯쪽입니다. 저와 함께 책 속으로 들어가보실까요?" 정도가 된다. 긴 문장은 아니지만 아이들은 꽤 고심한다. 힘들어하면 자기 이름과 책 제목만 말해도 된다고 한다.

중간 부분은 책을 그대로 가져와 읽는 것이라서 어렵지는 않다. 단지 어디에서 끊어 읽으면 좋을지 미리 표시해두면 좋다. 책 내용을 그대로 읽지 않고, 중간중간 건너뛰고 읽어도 된다. 자신이 전달하고 싶은 본문을 전하는 것이기 때문이다. 소설이라면 책의 하이라이트에 해당하는 내용을 가져와도 되고, 비문학이라면 특정 챕터를 발췌해도 된다.

대본을 작성하고 태블릿으로 녹음을 한 후 한 아이가 다가온다.

"선생님, 제 목소리가 너무 이상해요."

"녹음하니까 이상하게 들리지?"

"네, 제 목소리 안 같아요. 발음도 이상해서 여러 번 다시 했어요."

"괜찮아. 잘했어!"

다른 아이가 또 다가온다.

"선생님, 저는 이번 시간에 다 못했어요. 집에 가서 핸드폰으로 녹음해서 구글 클래스룸에 올려도 돼요?"

성적을 산출하는 것도 아닌데, 이렇게 열심히 해주니 수업에 대한 부담감이 기대감으로 바뀌는 순간이다. 일반 교사에 비하면 수업 시간이 적지만, 이런 것이 '수업의 맛'일까 생각하는 순간이다.

"선생님, 유튜버들이 그냥 방송하는 게 아닌 것 같아요. 오디오만 제작했는데도 이렇게 공이 드네요."

"제가 직접 만든 오디오북이라서 더 애정이 생기는 것 같아요."

수업이 주는 즐거움이 따로 있구나! 학생들과 직접 소통하고 호흡하는 즐거움. 나도 '흥'이 나고, 아이들도 '흥'이 나는 그런 시간이 나를 움직이게 한다.

아무도 시키지 않은 일을 하는 즐거움

【 안현정 】

자율 동아리는 학생들이 만드는 동아리다. 스스로 조직해서 오면 약간의 관리를 하며 담당 교사가 되어주면 된다. 그런데 나는 이걸 직접 만들었다.

도서부원이 되면 한 학기에 한 번은 독서토론을 하는데, 의무 사항이 되니 아이들이 도서부를 너무 싫어했다. 싫어하는 아이들을 데리고 토론을 진행하는 건 여간 힘 쓰이는 일이 아니다. 그래서 토론을 하고 싶은 아이들을 따로 모아보기로 마음먹었다.

먼저 돈이 있어야 아이들 간식이라도 사줄 수 있을 것 같아 전국 단위 독서토론 지원 프로그램을 신청했다. 어떤 책을 읽으면 좋을지, 토론은 어떤 방법으로 할지 고민해서 계획도 마련했다. 드디어 아이들 모집이다.

학교 여기저기 공지를 붙여두니 진짜 관심 있는 아이들이 모였다. 1학년부터 3학년까지 14명이 신청했다. 아이들을 모두 불러 모아 각자 가능한 점심시간을 나누어 모둠을 구성했다. 학년이 나뉘기도 했고, 성별이 나뉘기도 했지만 모두 섞인 모둠도 생겼다. 월요일부터 금요일까지 다섯 팀이 한 팀씩 점심시간에 모여서 토론 시간을 갖는다.

우리의 토론은 비경쟁 토론이다. 아이들이 책을 읽고 질문을 만들어 오면 그 질문을 모아 이야기를 나눈다. 비판하지 않고 경청하며 의견을 보태어 생각을 확장하는 토론이다. 비밀 유지와 발언 시간 1분 제한에 대한 규칙도 알려주었다. 그리고 토론 순서가 딱 정해져 있다.

"안녕하세요. 오늘은 도서『칼자국』을 읽고 토론하겠습니다. 우선 모둠원들의 완독 여부와 짧은 감상평을 들어보겠습니다."

"저는 완독했습니다. 얇아서 쉽게 읽었고 짧아도 내용이 풍부하고 공감이 가는 내용이 많아 재미있었습니다."

"저도 다 읽었습니다. 겉으로는 무심한 듯해도 항상 가정과 자식을 위해 희생하는 어머니를 잘 표현한 것 같습니다."

　　　　　　　　　　　　　　3. 수업 이야기

−중략−

"오늘 토론에서는 서로의 의견을 경청하는 자세가 좋았고, 지난번과 달리 서로 높임말을 써 말은 딱딱하지만, 토론은 상호 존중하며 진행된 것 같습니다."

"토론하며 친구들의 말을 듣고 기록해두는 것이 도움이 된다는 것을 알았습니다."

"모두 잘 들었습니다. 다음 책은 『푸른 하늘 저편』 6장까지입니다. 토론에 잘 참여해주셔서 감사합니다. 이상으로 오늘 토론을 마칩니다."

어머니의 잔소리가 결국은 자식을 위한 말이기 때문에 흘려들으면 안 된다는 이야기도 나오고, 좋든 싫든 함께 보내는 가족들이 서로에게 내는 생채기가 칼자국으로 표현되었다는 말도 한다. 무엇보다 엄마를 다시 생각해보는 시간이 되었다는 점이 의미 있다. '엄마는 원래 그래'라는 생각으로 엄마의 희생을 당연하게 여겼다는 반성도 있었다. 오늘만이라도 집에 가서 엄마에게 사랑한다고 말해보자는 얘기도 한 모둠에서 나왔다. 아이들이 자기 생각을 말할 수 있는 시간은 이렇게 소중하다.

토론은 질문을 정해 이야기 나누며 30분 정도 진행된다. 급식 후에 모이기 때문에 마무리 시간이 좀 모자라기도 한다. 하지만 항상 자신과는 다른 의견을 들을 수 있었고, 친구들 생각을 알 수 있어서 좋았다고 하며 끝난다. 물론 좀 더 진지하게 해야겠다는 반성도 종종 나온다.

방학 때는 온라인에서 만나 소리 내어 책 읽어주기를 진행했다. 방학 중 주 3일 아침 9시면 어김없이 줌을 열었다. 그러나 이를 어쩌나. 막상 방학이 되자 큰소리치던 것과 달리 못 일어나는 아이들이 더 많았다. 여름휴가를 가느라 휴가지에서 접속하는 아이도 있었고, 가족 여행이라며 통으로 빠진 아이도 있었다. 그래도 어찌어찌『말의 품격』한 권을 돌아가며 다 읽었다. 나에게도 아이들에게도 방학 중 아침 9시는 꼭두새벽이라는 것을 깨닫게 된 시간이다.

한 학기에 한 번은 자기 모둠의 토론 활동을 정리하여 다른 모둠과 나누는 워크숍도 진행했다. 1학기에는 모둠에서 읽은 책과 토론 내용을 소개하는 PPT를 만들어, 어색하지만 친구들 앞에서 발표해보았다. 2학기에는 소감문과 토론 내용을 정리한 포스터를 만들어 토론한 책들과 함께 전시했다.

자발적으로 참여한 아이들이라 무엇을 하자고 해도 해보려는 마음이 있었기에 귀찮은 제안이었을 텐데도 따라와준 것이 기특하고 고마웠다.

토론은 나에게도 해소의 시간이 된다. 나는 수업도 많지 않고, 도서관에 오지 않는 아이들을 만나기도 힘들다. 그리고 도서부원이 아니라면 아이들과 길게 이야기할 시간도 없다. 도서관 행사를 하면 학원 시간 때문에 참여가 힘들다며 부랴부랴 하교하는 아이들의 뒷모습만 보기 일쑤다. 그래서 아이들 속에 뭐가 들어 있나 궁금한 마음만 가득 쌓여 있었다.

그러던 중에 토론을 진행하면서 아이들의 이야기를 들을 수 있었다. 가족에 대한 생각도 듣고, 학원을 왜 가는지도 알게 되고, 미래에 대한 아이들의 두려움이 좀 더 사실적으로 다가왔다. 오래 묵은 체기가 내려가는 기분이었다. 아이들에 대해 조금씩 알게 되니 대하는 마음도 가벼워지고, 아이들을 기준으로 생각하려는 노력도 더 하게 된 것 같다.

자율 동아리는 교사 입장에서 은근히 실속 없는 일이다. 모든 토론에 참여하지는 않았지만, 꽤 많은 시간을 할애해야 했고, 예산을 받았으니 서류 작업도 해야 한다. 내가 자율 동아리를 운영한다는 것을 참여하는 아이들이 아니면 아무도 모른다. 물품 구입과 외부용 보고서를 작성한 공문이 남지만, 담당자가 아니면 누가 볼까. 그럼에도 불구하고 학교에서 하는 많은 일 중에서 뿌듯함이 큰 활동이었다. 하고 싶은 아이들을 데리고 마음껏 토론할 수 있었던 데다 실적을 위한 보여주기식 업무가 없었기 때문이다.

무엇보다 아이들이 남는다. 도서관을 이해해주고, 책을 사랑하는 마음이 가득한 아이들이다. 도서관에 오는 것이 익숙해지는 것만큼 책에도 더 가까워지고 있다는 것을 느끼고 자율 동아리의 경험이 앞으로의 삶에 분명히 도움이 되리라는 믿음을 준 아이들이 가장 큰 선물이라고 생각한다.

앞으로 자율 동아리를 또 운영할지 말지 고민이 되기는 한다. 시키지 않은 일까지 하려고 하니 도서관의 하루가 너무 바쁘기 때문이다. 그렇지만 아이들의 내면이 그리워지면 힘든 토론의 시간 속으로 다시 풍덩 뛰어들 거라는 걸 나는 이미 알고 있다.

학생 저자가 된다는 것

【 김다정 】

학교마다 차이는 있겠지만 사서교사가 담당하는 업무는 생각보다 다양하고 많다. 현 근무지에서 내 업무는 크게 학교도서관 운영, 독서교육, 교과서, 문예 업무이다. 그중에서 몇 해째 하고 있는 업무 중 하나가 학생 인문독서 동아리 '책쓰기 동아리'이다.

우리 지역 교육청에서는 2008년쯤부터 읽기–토론–쓰기를 연계하는 독서교육 사업을 활발하게 펼쳤고, 이와 관련된 동아리를 지원했다. 학교별로 지정된 예산이 내려오면서 토론, 책쓰기 동아리가 필수로 갖춰지게 되었다. 그중 책쓰기 동아리는 교내에서 동아리를 운영한 후 결과물을 묶어 책 축제 공모전에 제출하면 우수작을 선정해 실제 학생 저자가 되어 출판하는 기회를 제공해준다. 교육청의 중점 사업이다.

나는 읽기는 좋아하지만 쓰기는 별로 좋아하지 않는 사람이었다. 소싯적 교내 문예 대회에서 상은 좀 받았으나, 학생들을 지도할 만큼 잘 쓴다고 생각해본 적은 없다. 그런데 첫 학교(임용 학교) 4년 차에 갑자기 책쓰기 동아리를 맡게 되었다. 당시 해당 동아리를 담당하셨던 국어 선생님께서 이동하신 후, 그 누구도 선뜻 손을 드는 사람이 없자 나에게 책쓰기 동아리 업무가 떨어진 것이다. '하아 어쩌지…' 걱정이 물밀듯 몰려온 순간이었다.

그로부터 어언 10년이 지난 지금. 아직 나는 학생들과 함께 책쓰기 동아리를 하고 있다. 1년 내내 마음도 많이 가고 손도 많이 가는 동아리라서 매 학년말이면 '내년에는 절대로! 다시는! 책쓰기 동아리를 하지 않을 테다!'라고 마음먹지만 한 해 동안의 결과물을 보고 있자면 괜스레 두근거리기도 하고 뿌듯하기도 하다. 그래서 3월 희망 동아리 명부를 작성할 때면 나도 모르게 책쓰기 동아리를 쓰고 있다. 그야말로 애.증.의. 업.무.

책쓰기 동아리에서 가장 중요한 것은 학생 모집이다. 책을 좋아하고 글쓰기를 좋아하는 친구들이 자발적으로 들어온다면 더할 나위 없이 좋다. 그런데 문제는 그렇지 않다는 것이다. '나도 저자 책쓰기 동아리', '책 만드는 우리들', '야 나두 저자!' 등 아무리 솔깃한 동아리명을 붙여보아도 일단 '책'과 '쓰기'가 들어가면 아이들에게 그다지 매력적으로 다가오지 않는다. 동아리 시간은 모름지기 편하고 재미있어야 하는데 활동이 많고 힘들 것 같다는 느낌적인 느낌이 마구 든단다. 평균적으로 본다면 약 20명의 동아리 학생 중 정말 글을 쓰고 싶어 들어온 친구는 5명, 친구 따라 얼떨결에 들어온 친구가 5명, 가위바위보에서 지거나 도서관에서 하니까 쉴 수 있을 것 같아 들어온 친구가 10명이다.

동아리 첫날, 도서관에 모인 아이들 표정은 그저 그렇다. 일단 책을 번쩍 들어 보인다.

"짠~~~ 이건 초등학생, 이건 중학생, 이건 고등학생! 다 우리 지역 학생들이 쓴 책이야. 우리처럼 동아리나 수업을 하면서 쓴 책들이야. 우리도 올해 이렇게 만들어볼 예정이야. 재밌겠지? (하하하)"

"우리는 그야말로 진짜 책을 쓰는 동아리야. 글을 책으로 묶어내는 거지. 표지, 제목, 목차를 넣어서 멋지게 틀을 갖춘 책으로. 글쓰기와 비슷하면서도 더 업그레이드됐다고 생각하면 됨!"

"샘, 그거 진짜 서점에서 파는 책 맞아요?"

"당연하지! 여기 인터넷서점 화면을 준비해두었지. 일단 우리 학교명으로 검색해볼게. 잘 보렴."

"와, 세 권이나 보이네요?"

"우리 학교 선배들이 쓴 책이야. 우리도 올해 이렇게 책을 만들 거야. 우선 우리 학교에서 너희의 글을 모아서 인쇄할 거야. 물론 그건 여러분에게 선물로 한 부씩 증정. 그리고 우리가 노력한 결과가 좋다면, 그리고 너희가 희망한다면 출판 기회에도 도전해보는 거지!"

"에이~ 어렵지 않아요?"

"샘, 뭐로 글 써요?"

"저는 글 정말 못 쓰는데요. 못 쓰면 어떻게 해요?"

"책 쓰면 돈 벌어요?"

"우리 베스트셀러 작가 되면 어떻게 해요?"

"얼마나 써야 해요?"

"진짜 책 나와요?"

갑자기 다다다다 질문이 쏟아진다. 됐다! 이 정도 관심만 있으면 된 거다.

일단 동아리 활동이 본격적으로 시작되면 참여 학생들의 의견을 모아서 올해는 어떤 방향으로 책을 쓸 것인지를 정한다. 자유롭게 키워드를 던져 보라 하면 다양하게 나온다. 결과물을 조금 더 수월하게 묶어내기 위해 이때 다양한 소재를 아우를 수 있는 큰 주제를 하나 두는 것이 좋았다. 예를 들면 '성장, 학교, 꿈'처럼 말이다.

그리고 나서는 평상시 자신이 관심 있거나 좋아하는 것, 누구보다 자신 있는 분야나 잘하고 싶은 것, 궁금한 것 등 다양한 책쓰기 소재를 각자 찾기 시작한다.

"야구팀 소개 써도 괜찮아요?"

"여행 간 것도 되나요?"

"연애 이야기는 안 되죠?"

"좋아하는 영화 이야기 쓸 수 있을까요?"

이런 질문에 나는 '안 되는 것은 없다. 자기 글에 자신감과 자부심을 가지고 사랑할 수 있다면 무엇이든 다 된다'라고 말해준다.

책을 쓸 때 중요한 것은 자신(나)의 이야기를 쓰는 것이다.

경험만 해당되는 것은 아니다. 경험은 물론, 자기 생각, 상상 등 관심 있는 모든 것이 나와 연결될 수 있기 때문이다. 그리고 간단한 책쓰기 계획서를 작성한다. 어떠한 독자를 대상으로 할 것인지, 내가 전달하고 싶은 내용은 무엇인지를 정한 후 글의 제재, 전하고자 하는 내용과 형식, 목차를 정리해본다. 물론 이 계획서대로 진행이 착착 잘되는 학생도 있고, 중간에 180도 달라지는 학생도 있다. 그래도 생각을 정리하지 않고 바로 쓰기로 들어가면 중간에 그만두기가 쉽다. 틈틈이 계획서를 보며 진행하다 보면 훨씬 더 수월하다. 이 한 장의 정리된 계획서가 제법 큰 힘을 가진다.

책쓰기 동아리의 가장 큰 어려움은 시간이다. 수업 중 진행하면 세밀하고 체계적으로 진행할 수 있는 시간적 여건이 주어진다. 그런데 동아리로 운영하다 보면 대부분 한정된 동아리 시간만을 활용해야 하다 보니 시간이 몹시 촉박하다. 책쓰기라는 활동을 안내하고 다른 학교 친구들이 쓴 책도 조금 읽어보고, 계획서를 제출하고 나면 벌써 두 번의 시간이 지나간다. 1년에 동아리 시간은 네 번, 많아야 다섯 번 남짓인데 말이다. 그 시간 내에 책쓰기를 완료하기란 거의 불가능한 일.

그래서 미안하지만, 여름방학 과제로 부여되는 경우가 많다. 올해도 그렇게 진행되고 있다. 온라인 커뮤니티(카페나 밴드)를 만들어두고 학생들이 쓴 글을 누적해서 받고 있다. 정해진 마감 기한 내에 자유롭게 쓸 수 있도록 안내한다. 단, 이때 교사의 적절한 당근과 채찍, 피드백은 계속되어야 한다. 학교 공부–시험–학원–수행평가로 어른들보다 더 바쁜 아이들이라 매일 글이 올라왔나 궁금해서 카페를 들락날락하면서도 차마 재촉하지 못해 마음 졸이는 경우가 다반사지만 말이다.

교사의 역할은 편집자이자 조언자.

"너는 잘할 수 있을 거야."

"네 마음이 들어간 글이 제일 좋은 글이야."

"우린 전문 작가가 아니야. 충분히 훌륭해."

"끝까지 다 쓴 것만으로도 엄청 대단해."

빨리 내라고 독촉하면서도 미안한 마음에 볼 때마다 아낌없는 칭찬을 팡팡 날린다. 글을 쓴다는 것이 얼마나 어려운 일인가를 누구보다 잘 알기 때문이다.

원고를 수합해 정리하다 보면 양식이 뒤죽박죽이다. 처음에 글자체와 크기, 줄 간격, 여백, 그림 입력 방법 등을 제시해주었지만 자기 생각을 글로 담기 바빴는지 아이들 원고는 그야말로 다채로운 형식이다. 다시 모아 정렬하고 바꾸고 틀을 세워본다. 그리고 맞춤법이나 어색한 문구를 정리한 후, 표현이 어색한 부분이나 보완이 필요한 부분을 피드백하며 깎아내고 덧붙이는 과정을 거친다. 이 과정이 제법 길고 어렵다. 쓰는 것보다 퇴고가 훨씬×100 어렵다는 사실. 퇴고하다 다시 쓰는 친구도 있고 포기하는 친구도 있다. 이때 아이들은 말한다. "샘님~ 작가가 얼마나 대단한 사람인지 알겠어요"라고 말이다.

20명으로 시작한 동아리라 하더라도 최종 원고를 제출하는 학생은 10명 남짓이다. 그럼, 나머지 10명은? 중도 포기를 하거나 아예 처음부터 글을 쓰지 않겠다고 선언한 학생들이다. 글을 쓰지는 않지만, 이 학생들에게도 역할이 있다. 내가 보지 못하는 오타를 발견하는 '매의 눈 검열자', 손재주가 있는 학생은 책 속 삽화를 그리는 '삽화가', 긴 글 쓰기는 어렵지만 창의성이 돋보이는 친구에게는 출판 편집자의 마인드로 맛깔난 '제목 창작자' 역할을 부여한다. 표지 선정 협의에도 참여한다. 책 한 권을 완성하기 위해서는 여러 손을 거쳐야 하니까. 이렇게 아이들은 함께 책을 만들어가며 학생 저자로 한 발자국씩 나아간다. 책을 묶어내면(제본) 우리만의 교내 출판 기념회로 활동을 마무리한다.

운이 좋게도 실제 출판 기회를 몇 번 가졌다. 출판한다고 하면 참여한 모든 학생이 기뻐할 것 같지만 사실 첫 반응은 그게 아닌 경우도 종종 있다.

"우와! 선생님 진짜요? 서점에 저희 책 보이는 거죠? 오예~ 가문의 영광. 완전 자랑해야지!"

"아니, 선생님! 이게 출판된다고요? 제 글이요? 으악~ 완전 제 흑역사인데. 완전 안습 중딩 이야기인데. 제 글은 빼주세요. (엉엉)"

두 반응 모두가 웃음 나고 이해 간다. 분명한 건 영광도 흑역사도 모두 지금, 이 시절에만 가질 수 있는 소중한 추억이라는 사실. 학창 시절 기억 속에서 책쓰기 경험이 조금이라도 의미 있게 자리 잡을 수 있다면 교사로서 큰 보람이 아닐까.

TMI 뒷이야기

출판이 결정되면 그때부터 업무 2부 시작. 학년말과 겨울방학을 출판사와 연락하며 책 마무리로 보낸다. 원고 수정과 발송을 반복하고 표지 디자인도 다시! 애증의 업무라고 하는 이유의 8할은 이 부분이 차지한다. 아~ 나의 겨울방학이여.

책 출판하는 동아리

【 김윤화 】

학교를 이동한 첫날.

"우리 학교는 몇 년 연속으로 이렇게 학생들 책을 출판하고 있습니다."

교감선생님께서 출판 도서가 전시된 테이블 앞에서 흐뭇한 미소를 지으며 말씀하셨다. 책을 살펴보니 '책쓰기 프로젝트'라고 적혀 있고 2019년부터 2022년까지 매년 한 권씩, 총 4권이 있었다.

'우와, 이게 어떻게 가능하지? 그 샘 대단하다.'

그렇게 감탄하며 그 이야기는 끝난 줄 알았다. 몇 주 후, 교감선생님께서 똑같은 말씀을 하시기 전까지는. 그제야 깨달았다. 올해도 출판을 기대하고 계신다는 것을.

그런데 나는 한번도 출판을 해본 적이 없다. 그동안 책쓰기 동아리를 운영하면서 학교 내에서 자체적으로 매년 책을 제작하기는 했다. 그 책을 책 축제에 전시하기도 하고. 하지만 출판은 다른 이야기다. 우수작으로 선정되어야 하기 때문이다. 어떻게 해야 할까. 갑자기 막막해졌다.

동아리 수업에 앞서 먼저 '책쓰기 프로젝트'로 출판된 책을 모았다. 우수작으로 선정된 기준이 있을 것 같았다. 어떤 주제의 책이 출판되었는지, 왜 그 책이 선정되었는지를 살펴봤다. 동일한 주제에 대해 학생들이 각자 생각하는 것을 글로 쓴 책, 청소년에게 긍정적인 영향을 주는 책이 보였다. '아하! 이거다!' 싶었다.

첫 시간, 1교시부터 7교시까지 전일제 동아리 시간이다. 이때 책쓰기 동아리에 대한 안내와 주제 선정 및 초고 쓰기를 한다. 먼저 책쓰기 동아리가 정말 글을 쓰고, 쓴 글을 묶어서 책으로 만든다는 것을 보여주었다. 그리고 우수작으로 선정될 경우 정식으로 출판되어 인터넷서점에서 구입할 수 있다는 것을 보여줬다. 학생들이 순식간에 조용해진다.

이어서 제일 중요한 시간이다. 주제를 선정해야 한다. 교사가 이 주제로 써야 돼! 라고 선정해주는 것보다, 학생들이 스스로 주제를 정하는 것이 좋을 것 같았다. 그래서 모두 함께 『순례주택』을 읽었다. 책을 읽으며 인상 깊은 구절, 글로 쓰고 싶은 부분 등을 기록했다. 의도한 바가 있었다. 학생들이 책을 읽고 '어른이란? 어른이 되기 위하여 필요한 것은?'을 주제로 정하길 기대하고 있었다. 그런데 책을 읽은 후 학생들이 토론을 하면서 방향이 달라지고 있었다.

"어른이라고 꼭 어른스럽지 않고, 아이라고 꼭 아이답지는 않은 것 같아."

"맞아. 그런 게 고정관념이나 편견 아닐까?"

"그러고 보면 세상에 정해진 답은 없는 것 같아."

"그래. 그거 주제로 하자. 세상에 당연한 것은 없다."

내가 의도한 방향은 아니지만, 학생들의 의견을 수용하여 '세상에 당연한 것은 없다. 세상의 고정관념과 편견에서 벗어나자!'를 주제로 선정했다. 책의 주제를 바탕으로 하여 각자 쓰고 싶은 소주제를 선정했다. 외모 지상주의, 사람에 대한 판단, 나이, 돈 등 다양한 소주제가 나왔다.

자신이 선택한 소주제로 초고를 썼다. 청소년 친구들에게 들려주듯이 편한 마음으로 글을 쓴다. 단, 초고를 쓸 때 수정하지 않는 것을 원칙으로 했다. 맞춤법에 신경 쓰지 않고 떠오르는 생각을 적도록 했다.

두 번째 시간. 3차시 반일제 시간이다. 이 시간에는 초고를 매끄럽게 하기 위하여 고쳐쓰기를 했다. 이때, 오탈자보다는 내용이 제대로 연결이 되었는지를 중점으로 읽고 의견을 나눴다. 그리고 책 제목과 표지를 정했다. 우리가 가진 고정관념과 편견이 정답이 아니며, 정해진 답에서 벗어나 개선해나가는 사회를 만들자는 뜻을 담아 '답이 없어도 괜찮아'라는 제목을 정했다.

다음 동아리 시간은 2학기에 있어서 남은 시간에는 편집 방법에 대해 교육했다. 요즘은 맞춤법 검사기가 잘 되어 있어 인터넷을 활용해 쉽게 수정이 가능한 점이 좋다.

여름방학에는 오탈자 수정과 정해진 양식에 맞게 수정 작업을 했다. 수정하다가 마음에 안 드는 내용이 있으면 글을 수정하기도 했다. 완성하지 못한 학생들에게는 응원의 글에 마감 시간을 적어 카톡 및 문자로 보냈다. 학생들이 가장 어려워한 것이 마감을 지키는 것이었다.

"이건 아닌 것 같아요. 제가 원하는 전개가 아니에요."

"다시 쓰고 싶어요."

"시간이 부족해요. 조금 더 시간을 주세요."

이런 학생들을 말리며 아니다, 초고 쓰기 원칙 잊었냐, 일단 써봐라, 그 후에 변경하면 된다, 시간은 항상 부족하다, 매일 한 시간씩 무조건 앉아서 써야 한다. 이렇게 학생들을 말리고 다독이고, 원고를 받아서 수정하면서 여름방학이 끝났다.

아직 글은 완성되지 않았다. 개학 후 학생들을 직접 불러 원고에 대해 피드백을 했다. 소설 속 캐릭터가 제대로 정립되지 않은 학생에게는 각 캐릭터의 성격을 쓰게 하고, 글이 마음에 안 든다고 자꾸 뒤엎는 학생에게는 처음부터 끝까지 스토리만 적은 후 스토리 사이 주인공들이 주고받는 대화와 상황을 조금씩 채우도록 했다. 드디어 두 학생 모두 글을 완성했다.

이제 책으로 만들어야 한다. 이때 만드는 책은 실제 출판물이 아니라, 원고를 가제본하여 책 모양으로 만드는 것이다.

나는 온라인 인쇄 업체를 이용해 책 모양으로 만든다. 책을 인쇄하기 전 고려할 사항이 있다. 내용에 사진이 있으면 해상도가 낮을 경우 사진이 흐리게 나온다. 모니터로 보는 색상과 출력 색상이 다를 수 있고, 색상이 있는 페이지가 늘어날수록 가격도 점점 올라간다.

시간이 흐르고 세 번째 시간. 7차시 전일제 시간이다. 완성된 책을 함께 읽고, 홍보물을 만드는 활동을 했다. 홍보지도 만들고, 추천하는 문구를 쓰기도 했다. 완성된 홍보물은 책 축제 기간에 책과 함께 전시된다고 하니 적극적으로 활동했다.

책 축제가 개최되었다. 완성된 책과 학생들의 홍보물을 전시하고, 우수작품 공모전에 응모 신청서도 제출했다. 그리고 한 달 뒤. 우수작으로 선정되었다.

그게 끝인 줄 알았다. 이제 시작이었다. 출판사를 선정하고, 디자인을 선정하고, 오탈자가 있는지 다시 확인하고. 그렇게 출판사와 연락을 주고받으며, 나의 겨울방학은 사라졌다.

2월 말, 드디어 책이 출판되었다. 『답이 없어도 괜찮아』

내가 읽은 책으로 수업하기

【 박미진 】

2003년 처음 발령받았을 때 주당 10시간의 독서 수업을 맡았다. 중학교 2학년 전반을 맡은 것이다. 도서관 운영도 해야 하는데 매주 새로운 수업을 구상기란 쉽지 않았다. 지금 생각하면 어떻게 했나 모르겠다. 하루살이 같은 나날이었다. 부끄러워서 기억 속에 묻어두고 싶기도 하다.

우리가 대학에서 배우는 내용은 정보 활용 교육이다. 도서관의 자원(인적, 물적 자원)을 이용해서 자신이 원하는 정보를 찾아내고 활용해서 새로운 결과물(보고서)을 만드는 것이다. 사서교사 단독으로 수업할 수도 있고, 교과 교사와 함께 활용 수업 형태로 진행할 수도 있다.

발령 첫해에는 이것저것 너무 많이 가져와서 수업해서인

지 떠올리기도 괴롭다. 학기 중간에는 '빨리 내년이 되어서 다시 시작했으면 좋겠다'라고 생각했다. 그래도 학생들과는 매우 친하게 지냈다. 결혼하기 전이어서 자취하던 집에 학생들을 데려와 김밥도 만들어 먹고 즐겁게 잘 지냈다.

그해에 만난 아이 중 몇 명이 나중에 문헌정보학과에 입학했다며 연락이 왔다. 기억나는 학생만 세 명쯤 된다. 내 영향이 조금은 있었을까? 나중에 사서교사로 임용이 되었다는 소식을 전해주었을 때 무척이나 기뻤다.

첫해가 지나고 나서는 조금씩 형태를 잡아갔다. 독서 수업이다 보니, 책 읽기를 기본으로 한다. 그렇다고 책 한 권 던져주고 읽으라고 하면 끝나는 것이 아니다.

문학에 한정되지 않고 다양한 자료를 접할 수 있도록 했고, 발췌독을 기본으로 했다. 1차시 내에 읽을 수 있는 분량을 선별했고, 독서 시간은 약 20분 내외로 잡았다. 활동지는 학생들이 자신의 생각을 정리하고 서로 의견을 나눌 수 있도록 구성했다.

일단 독서 자료의 내용이 자신의 삶과 연결될 때 학생들은 관심을 보였다. 정답이 있는 질문보다는 자기 삶과 연결해서 해석하고 실제로 접목하는 부분이었다. 독서 자료는 글 뿐만 아니라 그림이나 사진으로 구성된 책에서도 가져왔다. 과학이나 역사 관련 책도 활용했다.

새롭고 재미있는 책을 만나면 어떻게 수업 시간에 녹여낼 지 고민하던 시기였다. 지금도 나는 내가 읽은 책에서 학생 들과 나누고 싶은 부분을 수업 자료로 만들어 쓰고 있다. 생 각해보니 이런 영역은 내가 조금은 잘하고 있는 것 같다. 최 신 트렌드를 살피고 다양한 자료를 접하기에 가능하지 않을 까 생각한다.

사서교사의 단독 수업 중 하나가 동아리 수업이다. 이 수 업도 사서교사이기에 나만의 특색을 살려 수업한다. 최근에 했던 '미디어 책쓰기반' 동아리 수업을 되짚어 보고자 한다.

미디어 책쓰기반은 그동안 맡았던 책쓰기반과 달리 다양 한 미디어를 이용한 책쓰기 동아리이다. 자신이 좋아하는 책 을 네이버 블로그에 포스팅하는 것이 지난 시간 활동이었다.

이번 시간에는 일상의 기록이라는 주제로 자신이 휴대전 화로 직접 찍은 사진을 활용했다. 사진에 글을 더하여 한 페 이지짜리 전자출판물 형태로 발간해보는 활동이다.

읽기 자료는 책 『기록하기로 했습니다』에서 일부분을 가져왔다. 머리말 중 한 쪽과 본문 중에서 두 쪽을 가져와 독서 자료로 구성했다. 이 책은 작가가 일상적으로 활용하는 다양한 기록 방법을 소개한다.

하루에 한 가지 좋았던 순간에 대한 기록, 내가 좋아해서 꾸준히 할 수 있는 분야에 대한 기록, 같은 장소에서 사계절 사진 찍기, 내게 의미 있는 장소에 대한 기록, 내가 들은 좋았던 말이나 사소한 격려에 대한 기록, 심지어 나를 웃게 만든 크고 작은 농담에 대한 기록까지 다양하다.

그중에서 '1일 1줍'이라는 소재를 가져왔다. 하루에 좋았던 한순간을 기록한다는 의미이다. 이렇게 기록하려고 마음먹는 순간부터 무덤덤했던 일상은 새롭게 생기가 생긴다. 실제로 내가 실천해보고 느낀 부분이어서 학생들에게 자신 있게 소개할 수 있었다.

"오늘 이 시간까지 행복했던 순간은 언제였나요? 아니면 어제 하루 중에서 언제가 가장 행복했던 순간인가요? 내가 미소 짓거나 웃었던 순간을 떠올려 보세요."

아이들의 눈이 초롱초롱하다.

"선생님 이야기부터 먼저 해볼까요? 선생님은 오늘 아침에 유부초밥을 만들었어요. 유부를 펼쳐서 밥을 넣어야 하잖아요. 그런데 펼치다가 유부가 찢어지는 거예요. 그래서 '아, 이건 지금 맛봐야 한다'면서 입에 쏙 넣었는데, 너무 맛있었어요. 바로 이거야 하면서."

학생들이 '그 맛 나도 알지' 하는 눈빛으로 호응을 해준다.

"여러분은 언제가 생각나나요?"

누군가 손을 든다.

"오늘 과학 시간에 실험을 했는데요. 하다가 다른 모둠의 풍선에서 바람이 빠지면서 뿡~~ 이상한 소리가 나는 거예요. 그때 너무 웃겼어요. 다른 애들도 모두 웃었어요."

다른 남학생이 손을 든다.

"저는 오늘 아침에 알람이 울기 전에 제가 먼저 일어나서 알람을 껐는데요. 그때 너무 좋았어요!"

이렇게 일상에서 느끼는 행복에 관해 이야기를 나누어보면서, 작고 사소한 순간들이 나를 행복하게 만든다는 것을 알게 되었다.

이어서 휴대전화 사진앱을 열어보자고 했다. 그 사진을 찍을 때는 무슨 이유가 있었을 것이다. 맛있거나 재미있거나 기억하고 싶거나…. 그 사진을 가져와서 자신의 마음이 담긴 글을 쓰고 '미리캔버스'의 양식을 활용하여 잡지처럼 발행해보기로 했다.

하지만 활동 결과를 만들어내기 위해서는 넘어야 할 산이 있다. 기본적인 디지털 활용 기술인데, 미리캔버스 사용이나 패들렛 글쓰기 방법 등을 알아야 한다. 그전에 로그인을 위해 회원가입을 해야 하는 부분이라든지, QR 코드로 패들렛 접속하기, 핸드폰 사진을 태블릿으로 가져오기와 같은 기술도 필요하다.

실제로 미리캔버스에 회원 가입을 해야 하는 학생이 절반 정도 되었다. 사이트의 안내에 따라 하면 될 것으로 생각하지만 하나하나 알려주어야 하는 경우가 더 많다. 먼저 가입한 학생이 다른 친구들을 도와주기도 하면서 차근차근히 해나간다. 이 또한 중요한 과정이라고 생각해서이다.

동아리는 총 3시간이었는데, 마지막 시간 20분 정도는 자신이 만든 페이지를 각자 설명하는 시간을 가졌다.

디지털 활용이 능숙한 학생들은 한 페이지가 아니라 두 페이지를 만들기도 했다. 모든 학생이 한 페이지씩 만드는 데 성공을 해서 나도 학생들도 뿌듯했다.

일상에서 찍은 평범한 사진이 내 삶의 일부이듯이 자세히 보면 우리는 다양한 형태의 기록을 하며 살아간다. 내 삶을 자세히 들여다보는 것만으로도 삶은 생기를 되찾고 다시금 살아갈 힘을 얻게 한다. 기록은 대단한 것이지만, 그 과정은 이토록 평범하다.

한 달에 한 번 정도 있는 동아리 수업이지만 늘 부담이 되는 건 사실이다. 그럴수록 내가 읽었던 책 중에서 나누고 싶은 책을 떠올려본다. 그 책의 일부를 가져와서 어떻게 접근하면 좋을지 차근차근 풀어본다. 수업과 관련된 동영상도 찾고, 학생들과 나눌 질문도 만들고, 결과물의 양식도 준비하다 보면 어느새 수업 준비가 마무리된다. 그즈음이면 동아리 시간은 부담이 아니라 기대감으로 나를 살짝 들뜨게 한다.

시 쓰기를 만만하게 보다가

【 정지원 】

'실패는 성공의 어머니'라는 말이 있다. 최근 한 뉴스에 따르면 한국 사람들이 다른 문화권 사람들보다 실패를 두려워한다고 한다. 한국 사람들은 가족주의와 공동체주의로 인해 주변 사람들의 시선을 많이 신경 쓰고, 실패에 대한 두려움이 커서 아예 도전하기를 꺼린다고 한다. 그래서 실패의 경험도 적고 실패했을 때 극복하는 힘도 다른 문화권 사람들보다 부족하다는 내용이었다.

일을 하면서 크고 작은 실수와 실패를 경험했다. 도서 구입 날짜를 잡아놓고 출장이 있는 것을 깜박했다던가, 막상 구입을 하고 나니 책이 너무 작아서 내 뒷자리에 숨겨두고 보았다든가 하는 자잘한 실수를 했다. 그중 가장 큰 실패는 1

년 차 때 아이들과 함께했던 책쓰기 경험이다.

도서관에 근무하다 보면 보통 책과 관련된 업무가 거의 다 넘어온다. 그중 하나가 '책쓰기 동아리'이다. 교육청에서 예산이 내려오지만 책을 써야 한다는 부담감에 인기가 없는 동아리이다. 첫 시간에 학생들에게 어쩌다가 이 동아리에 들어왔는지 물으면 절반 이상이 가위바위보에 져서 들어왔다고 대답한다. 인기 있는 동아리는 경쟁이 치열하다. 경쟁에 밀린 아이들이 들어오는 동아리라서 그런지 아이들이 동아리에 대한 의욕도 없고, 글은 더더욱 쓰기 싫어한다.

아무것도 모르고 동아리를 받았을 때, 처음 한 일은 책쓰기 관련 연수를 들은 것이다. 실제 출간 경험이 있는 선생님들 이야기를 들으며 책을 쓴다는 것이 아이들에게 의미 있는 경험이 될 수 있다는 것을 알게 되었다. 연수를 듣고 나서 동아리 친구들과 꼭 멋진 책을 만들어야겠다고 생각했다. 인기 없는 동아리이니 '무조건 먹여라!'라는 선생님들의 조언도 잊지 않고 실천하며 1년간의 동아리 활동을 시작했다.

첫 동아리 학생들은 총 9명이었다. 9명 모두 가위바위보에 진 학생들이었다. 글쓰기에 관심이 있는 학생도 있었지만 관심이 전혀 없는 학생도 있었다. 그런 아이들을 꾀기 위해 제일 처음 한 일은 간식을 함께 먹는 일이었다. 간식을 먹으면서 우리는 책을 쓰는 동아리이고 예산도 있어서 글을 쓰면서 다양한 경험을 할 수 있다고 말했다. 그러면서 '시'를 써보자고 제안했다. 긴 글을 쓰기 어려워하는 학생들이니 시를 쓰면 좋지 않을까 하는 생각으로 시 쓰기를 결정했는데, 그것은 큰 오산이었다.

시 쓰기란 생각보다 어려운 일이다. 게다가 나조차 시 쓰기에 대한 경험이 없었으니 막상 시를 쓰자고는 했는데, 아이들에게 줄 수 있는 팁이 없었다. 아이들에게 비유와 은유를 활용하면 좋다는 말 정도만 해줄 수 있을 뿐, 실제로 어떻게 사용해야 하는지 구체적인 방법을 제시해줄 수 없었다. 동아리 시간이 두 달에 한 번 정도 돌아오기 때문에 학생들과 꾸준한 글쓰기가 불가능하다는 것도 책쓰기의 어려움이었다. 안 그래도 적은 동아리 시간이 학사 일정에 따라 체육대회나 외부 활동으로 빠지기도 했다.

그렇게 3월부터 시작한 얼렁뚱땅 시 쓰기 활동은 방학에도 이어졌다. 2학기가 시작되어도 과제를 내지 않는 학생의 반에 찾아가 독촉하기도 했다. 겨우 작품을 모아 어설픈 편집본을 만들고, 학생들과 피자 파티를 하며 마무리했다.

그때는 의욕만 앞서서 편집본을 만드는 것이 중요했고, 출간도 하고 싶은 욕심에 아이들의 글을 많이 고쳐주기도 했다. 아이들 글을 고치다 보니 이게 내 글인지 아이들 글인지 모를 정도로 아이들의 색깔이 사라졌다. 아마 아이들도 자기 글이라기보다는 선생님이 많이 수정해준 글이라는 것을 알아서 동아리 활동에 대한 뿌듯함이 덜했을 것 같다. 어쩌면 나만 뿌듯하고 끝난 1년이었던 것 같다. 그 당시에는 그래도 한 권의 책으로 엮었으니 의미가 있지 않냐고 생각했는데, 지금 와서 생각해보니 그것은 '실패'였다.

아이들 글을 아이들 글로 바라봐주지 못했고, 시 쓰기에 대한 아무런 이론적 지식과 경험이 없는 내가 아이들에게 시를 쓰라고 막무가내로 몰아붙였으니 말이다. 아이들에게 글을 쓰는 기쁨과 의미 있는 동아리 시간을 만들어줄 수 있었을 텐데, 힘들고 괴로웠던 글쓰기 시간으로만 기억에 남을까 봐 두렵다. 9명의 친구들이 쓴 글을 묶은 가제본이 여전히 내 책장에 있다. 다시 읽어보니 아이들에게 미안한 마음이 든다.

그렇지만 그 일로 인해 알게 된 점도 있다. 아이들에게 글쓰기를 다그치지 말아야 한다는 점과 글은 무엇보다 재미있게 쓰려고 해야 한다는 점이다. 중학생에게 글쓰기는 어렵고 힘든 일이지만 자신이 좋아하는 것을 발견하고 그에 대해 쓰면 흥미도 생기고 글을 쓰는 재미를 붙일 수 있다. 그러므로 한 권의 책으로 꼭 만들어야 한다는 집착에서 벗어나 다양한 경험도 하고 책에 대해 흥미를 느낄 수 있도록 해야 한다. 아이들과 글을 쓰는 과정을 나 또한 즐기며 기쁜 마음으로 할 수 있어야 좋은 책이 나올 수 있다는 것을 배웠다.

5년째 책쓰기 동아리를 하면서 작년에 처음으로 아이들과 낸 책을 교육청 공모에 응모하여 출판하게 되었다. 1년 차 때보다 인원이 더 적었다. 다섯 명 아이들과 함께하면서 여전히 기간이 촉박하다고 느꼈지만, 이번에는 첫 시간에 아이들과 함께 무엇을 쓰고 싶은지 논의하는 과정을 가졌다. 우리는 '음식'에 관한 글을 쓰기로 했는데, 아이들의 삶도 음식과 떼놓을 수 없으므로 아이들의 시선으로 본 급식, 마라탕, 돼지국밥 등 다양한 음식에 관한 이야기를 쓸 수 있었다. 시간문제로 인해 글 쓰는 일이 어려웠지만, 그래도 학생들과 글을 쓰고 한 권의 책으로 엮는 과정에 대해 충분히 이해하며 책을 썼다. 학생들은 처음에는 할 수 없을 것 같았는데, 글을 쓰는 것에 대한 자신감도 생기고 좋은 추억으로 남을 것 같다는 소감을 남겨주었다.

나의 첫 도전은 조급함으로 인해 실패했다. 아이들을 믿기보다는 내 기준에 아이들이 맞춰주기를 원했다. 그렇지만 그런 실패 경험으로 인해 다음 동아리 활동은 더 나아질 수 있었다. 처음부터 완벽하게 학생들을 대하고 의미 있는 경험을 줄 수 있는 교사는 없다. 교사도 아이들과 함께 배우고 자란다. 실패 경험을 거울 삼아 더 좋은 것들을 학생들과 나누기 위해 노력한다. 아마 평생토록 학생들과 사부작거리며 자라나야 할 것이다.

나의 실패를 기꺼이 이해해주고 너그럽게 봐주었던 아이들에게 당시에는 하지 못했던 말을 이제는 말하고 싶다.

"애들아, 정말 고마워! 선생님도 많이 공부하고 노력할게!"

사서교사라는 직업

나는 최고 부자 선생님!

【 김다정 】

"사서샘이 우리 학교 최고 부자다!"

이전에 근무했던 학교 선생님이 하신 말씀이다. 덜컥 로또라도 당첨되어 진짜 현실 부자가 되었으면 정말 좋았으련만 아쉽게도 아니라는 사실. 부자라는 호칭을 얻은 이유는 다음과 같다.

우선 학교에서 제일 넓은 독립된 교실을 사용한다. 과학실·미술실·컴퓨터실보다 크고, 무려 교장실과 비교해도 월등하게 차이 난다. 독립된 공간에 크기까지! 많은 선생님이 부러워하는 부분이다.

그다음으로 많은 자산을 보유하고 관리한다. 현재 근무하고 있는 학교도서관의 소장 도서는 약 2만 9,800권. 권당

10,000원으로만 계산해도 얼추 3억 가까이 된다. 요즘 책값이 제법 비싼 것을 생각한다면 훨씬 더 늘어나지 않겠는가. 굉장한 고가의 학교 자산을 관리하는 중책을 맡고 있는 것이다.

대단하지 않은가? 그래서 그 선생님은 급식실에서 자주 마주치는 나에게 "최고 부자 선생님~ 일이 많지요? 늘 수고 많습니데이. 많이 드이소"라고 구수한 사투리로 늘 독려해 주셨다.

최고 부자 선생님이라는 소리를 어느덧 편안하게 들을 수 있는 나는 사서교사 17년 차다. 이 말을 6, 7년 차에 처음 들었는데, 만약 신규 때 들었다면 참 부담스럽고 어려웠을 것 같다는 생각을 했다. 실제로 부자가 아닌 것은 다음으로 치더라도 사서교사라는 위치 자체가 선생님들에게는 낯설기 때문이다. 그래서 초보 사서교사 시절 나는 늘 위축되어 있었다.

교사들은 학교 밖에서 스스로 교사임을 밝히지 않는 경우가 많다. 이른바 '샘밍아웃'을 하지 않는 것이다. 교사라는 반듯한 이미지가 부담스럽기도 하고, 공개한다고 해서 별 이득이 없기 때문이다. (뭔가 사기를 잘 당할 것 같은 느낌이기도 하다.)

교사, 그중에서도 '사서교사'라고 나를 소개하기가 참 부담스럽고 어려웠다. 우리 지역만 하더라도 지금은 사서교사가 어느덧 40여 명이 넘었지만 임용되었을 때만 해도 초-중-고등학교를 다 합해도 20명 남짓 되는 소수의 집단이었다. 그래서 동료 선생님들도, 학생들도 사서교사를 낯설어했다.

"선생님도 선생님 맞아요?"

"선생님은 수업 안 해요?"

"선생님은 우리 수업할 때 무슨 일 해요?"

"아, 사서교사 처음 봤어요."

"어머, 사서교사 좋겠어요. 나도 그거 할 거를."

"사서과도 사범대에 있어요?"

호기심 어린 질문도, 환영의 인사도, 축하와 관심도 사실은 부담스러웠다. 그래서 학교 밖에서 누군가 물었을 때 '국어과'라고 대답한 적도 몇 번 있었다. (학교 내 교과 협의회 때 국어과에 소속되어 있기도 하니까라는 자기 위안을 하며 말이다.)

'문헌정보학과를 졸업했다', '학번당 정해진 퍼센트에 주어지는 교직 이수 과정을 거치면 임용을 칠 수 있다', '도서관 운영을 기본으로 책 읽기-토론-쓰기 교육활동을 한다' 이러한 부연 설명을 해야만 할 때 스스로 자꾸만 작게 느껴졌다.

"선생님도 우리 담임샘이랑 월급 똑같아요?"

"샘은 책 읽을 시간이 많아서 좋을 것 같아요."

천진난만하게 묻는 아이들의 질문이나 교과−담임 선생님과의 비교에(선생님들의 노고를 충분히 알고 있음에도) 가끔은, 아니 제법 자주 상처를 입었다. 사서교사에 대한 인식이 부족해서 그렇다고 외부 탓을 하려고 했는데 그게 아니었다. 나 스스로 사서교사에 대한 정체성이 확립되지 않았고 자신감이 부족했기 때문이었다. 학교 일도 낯설었고, 아이들을 대하는 것도 어려웠다. 대학에서 배운 전공은 초보 교사의 업무와 거리가 있었고, 혼자 일하는 시간이 많은 도서관은 낯설기만 했다. 그래서 내가 선택한 이 일에 대한 고민과 회의감이 드는 순간도 많았다.

'내가 정말 좋은 교사가 될 수 있을까? 학교에서 교사라는 직업으로 반평생을 보낼 수 있을까?' 고민과 걱정이 가득했다. 만약 그때 부자 교사라는 말을 들었다면 괜히 더 소심해졌을 것 같다.

그렇지만 한 해 한 해 달라졌다. 몇 안 되는 사서교사지만 연구회를 만들어 똘똘 뭉쳐 함께 공부도 하고 자료도 공유하며 조금씩 성장하고 있다. 매년 무수히 신간 도서가 쏟아지

듯 배우고 개척해야 할 부분도 많지만, 스테디셀러 책처럼 단단하게 사서교사로서의 자리를 잡아 가고 있다.

특별실에 있다 보니 적응 기간이 다른 선생님들에 비해 더 필요하고, 학교를 옮기면 신규 교사가 된 기분이다. 그래도 마음은 조금 여유로워졌다.

임용 초기, 10년쯤 지나면 이 분야의 전문가가 되어 있지 않을까 하는 근거 없는 자신감을 가진 적도 있었다. 이제 전문가는 아니지만 초보 딱지는 뗀 지 오래다 싶다. 조금 더 넓은 마음과 눈을 가지게 된 것 같다. 어려웠던 학생들, 특히 도서부원과의 관계가 편해졌고 학교도서관에 입문하는 후배 교사들에게 든든한 선배가 되어야겠다는 책임감도 생겼다.

"선생님이 계시니 학교도서관이 달라졌어요."

"이렇게 좋은 책이 많다니 너무 좋아요."

"우리 학교에서 제가 제일 좋아하는 곳입니다."

"선생님, 다음에는 또 어떤 프로그램 있어요?"

"사서샘 정말 다양한 활동을 하시네요. 멋집니다!"

"이렇게 학생들이 많이 오는 도서관은 처음 봐요!"

"선생님, 저도 사서교사가 되고 싶습니다. 어떻게 하면

할 수 있을까요?"

이러한 말이 나에게 힘과 용기를 준다. 마음이 꽉 찬 느낌이다. 그래서 이제는 어디서든 "저는 사서교사입니다"라고 당당하게 소개하고 있다.

예전에 선배 교사가 "최고 부자 선생님, 밥 많이 드이소!"라고 한 말은 매일 혼자 도서관에서 지지고 볶으며 고군분투하고 있는 외로운 비교과 교사에 대한 관심과 격려였음을 이제야 알겠다. 그 시절 식판을 들고 나누던 그 짧은 인사가 이리도 마음에 남는지…. 떠올릴 때마다 마음이 몽글몽글해진다. 그 원로 선생님은 이제 학교를 떠나 제2의 인생을 살고 계신다고 한다. 주변 사람들을 품는 참으로 '마음이 부자'였던 선생님은 아마 지금도 어디선가 분명 그 따스함을 전파 중이리라.

지금 근무하는 학교도서관은 그간 거쳐간 학교 중 가장 규모가 크고 시설도 훌륭하다. 진짜 부자가 된 느낌이다. (예전에 "이 책들 선생님 돈으로 다 사셨어요? 우와, 샘 부자인가 봐요?"라고 묻는 학생이 있기도 했다.) 그리고 하루에 200~250여 명의 학생이 드나든다. 그중에는 정말로 책을 좋아하는 친구들도 있지만 마음이 쉴 공간이 필요해 찾아온 이용자도 제법 있다. 위로와 관심이 필요한 친구들을 볼 때마다 그 선생님이 떠올랐다.

업무를 핑계로 대출대를 지키고 있지만, 내일은 눈 크게 뜨고 그 친구들 곁에 다가가 봐야지. 그리고 따뜻한 말 한마디 쓰윽 건네 보리라. 나는 (마음이) 최고 부자인 선생님이니까!

다른 사람 말고 '내'가 생각하는 대로

【 김승수 】

문헌정보학을 전공하고, 첫 직장으로 중학교 도서관에 사서교사로 발령받았다. 사서교사는 도서관에서 혼자 근무한다. 출근 첫날 도서관에 덩그러니 혼자 앉아서 무엇을 해야 할지, 아니 무엇부터 시작해야 할지 막막했던 시간이 기억난다. 도서관을 청소하고 정리하며 이전 담당 선생님의 문서를 살펴보기도 하고, 학교 메신저를 통해 발령 동기 선생님과 선배 선생님에게 연락해 사서교사가 해야 할 일을 물어보기도 하며 일을 배워나갔다.

어느덧 17년 차 사서교사가 되었다. 이제는 혼자서도 일 년 도서관 운영을 거뜬히 해낸다. 하지만 아직도 제대로 해내고 있는지 자신은 없다. 내가 하는 방식이 올바른 것인지,

틀린 것은 없는지. 학교 안에는 나만큼 도서관에 대해 아는 사람도, 관심을 기울이는 사람도 없었다. 궁금한 것은 다른 학교 사서 선생님과 논의해야 했다. 제대로 업무 처리를 했는지 확인받을 길이 없었기 때문이다. 아직도 지금 하는 방법이 최선인지 확신은 없다. 다만 더듬더듬 함께 고민하고 걸어온 사서 선생님들이 서로가 서로의 답안이 되어 주었다.

그렇게 한 학교에서 4년을 근무하고 떠나갈 때면 혼자 뜨끔한다. 놓치고 가는 일은 없는지, 다음 선생님에게 지적받을 일은 없는지. 뒤돌아보고 또 뒤돌아본다. 발길이 떨어지지 않는다. 아무래도 욕먹을 것 같다. 최대한 흔적을 지울까? 사각사각~

2015년 아직은 쌀쌀한 3월. 새 학교로 발령 받아 받아 갔을 때의 일이다.

'으악, 서가 배치가 이게 뭐야?'

'이 책은 복본이 왜 이렇게 많지?'

'등록 안 된 정체를 알 수 없는 책들은 또 뭐야?'

투덜대며 도서관을 내 기준대로 정리하고 있는데 학생들이 도서관을 방문한다.

"선생님, 책 빌려주세요."

"그래, 학생증이나 대출증은?"

"없는데요? 전에 선생님은 그냥 빌려주셨는데요?!"

"그래? 대출증 없이 빌려주셨다고?

그럴 리가 없는데? 니가 누군 줄 알고…? (알고 보면 그럴 수가 있는 일이다. 지금은 대출증 없이 학생들에게 책을 빌려주고 있다.)

새 학교로 가면 종종 겪게 되는 일이다. 모든 학교도서관이 비슷하게 운영되고 있는 줄 알았지만, 학교마다 선생님의 가치관과 기준에 따라 조금씩 다르게 운영되고 있었다. 나와 다른 운영 규칙과 자료 구입 및 관리 기준. 그 외에도 소소하게 이해가 되지 않는 부분이 있다. 도서관 운영의 큰 줄기는 비슷하지만, 도서관 운영에 대한 철학이나 방침이 이전 선생님과 완벽하게 똑같을 수는 없었다. 그리고 그 시간에 그 공간에 함께하는 사람들과 상호작용하며 운영되는 도서관이기에 무슨 일이 있었는지 모를 일이다. 하지만 이전에는 그런 것에 대해 이해하려는 노력조차 하지 않았다. 내 원칙과 맞지 않는 부분에 대해서 학교를 옮길 때마다 친한 선생님에게 불만을 토로하기도 하고 3월 내내 구시렁대며 도서관을 정리하기도 했다.

그러던 어느 날, 이전에 근무했던 학교에서 근무 중인 사서 선생님이 전화를 했다.

"선생님, 국어 선생님께서 도서관에 만화책이 왜 이렇게 많냐며, 학생들이 만화책만 본다고 다 없애라고 하셨어요. 그래서 만화책은 창고에 다 넣었어요."

"아~ 그러셨어요."

윽~ 나의 사랑하는 만화책을 창고에 넣어버리다니. 내가 가져오고 싶군. 만화책도 좋은 책이 많은데 만화책 구입이 잘못된 걸까?

또 한번은 이런 전화를 받았다.

"선생님, 별치기호를 왜 이렇게 많이 하셨어요?"

"청구기호 600(예술 주제 분야 책), 700(언어 주제 분야 책)은 왜 다른 서가에 별도로 정리하셨어요?"

이런 전화를 받으면서 점점 작아지는 나를 발견하게 되었다. 책도 함부로 빼놓지 못하고, 만화책을 구입할 때도 손을 주저하게 되고. 그러다가 생각을 바꾸게 되었다.

'다음에 올 사서 선생님의 눈치도 보지 않고, 이전 선생님을 탓하지도 말자!'

'다른 사람 말고, 내가 생각하는 대로 나만의 도서관을 만

들자. 4년 후 떠나더라도!'

누구나 자기만의 기준과 철학이 있는 법이다. 그리고 사람은 누구나 실수를 할 수 있고, 또 그 시간과 장소마다 사정도 있다. 도서관 운영에 정답이 있는 것이 아니라 여러 요인이 작용해 도서관의 스토리가 쌓이고, 그 도서관만의 역사가 만들어진다는 생각이 들었다. 사서교사는 다양한 스토리를 가진 도서관에서 근무하며 새롭게 배우고 받아들이며 성장해 나간다.

새로운 곳에서 '왜 이렇게 하지?'라고 이해할 수 없다가도 어느 순간 이해될 때도 있다. 대출증은 꼭 있어야 한다고 생각했었는데 이제는 대출증 없이도 책을 빌려준다. 학생들은 대체로 거짓말하지 않았고, 중학교 독서율이 낮아지고 있는 지금 어떻게든 책을 손에 쥐어주고 싶은 마음이 더 커진 거다.

변하지 않는 원칙 중에 하나는 아직도 만화책을 구입한다는 점. 어릴 때 만화책을 읽으며 밤을 지새우기도 했고, "내 지식의 8할은 만화책에서 얻었다"라는 우스갯소리를 할 정도로 만화책은 내 삶의 추억과 즐거움이 함께하는 삶 자체였다. 만화방이 없는 요즘, 만화책이 주는 감동과 기쁨을 도서관에서 얻어 가길 바란다. 재미 자체만으로도 만화책은 학업에 지친 학생들에게 즐거움과 휴식의 시간을 선물할 거라 생각한다.

오늘도 나만의 도서관 운영 기준과 철학대로 도서관을 운영해나가고 있다. 지금의 도서관 운영 제1원칙은 학생들에게 즐거운 도서관을 만드는 거다. 그래서 꾸준히 함께할 거리를 만들고, 학생들이 좋아하는 음악을 틀고, 만화책을 구입하고, 학생들 이야기를 들어주고 수다를 떤다. 때론 복도보다 도서관이 더 시끄럽다. 하지만 사람 없이 조용한 도서관보다 시끄럽고 왁자지껄한 도서관이 좋다.

전국의 학교도서관은 모두 한 명의 담당자가 책임지고 운영하고 있다. 새로운 도서관을 만나면 기존의 생각이 깨지기도 하고 단단해지기도 한다. 이제는 이 모든 과정이 유연하길 바란다. 서로에게 관대하고 나와 다른 생각을 존중하며 서로의 장점을 배워나갔으면 하는 바람이다.

아직도 새 학교에 가면 입으로는 투덜대지만, 이전과 마음이 다르다. 새로운 도서관의 장점을 찾기도 하고, 잘못된 것을 봐도 '이유가 있지 않을까?'라는 마음으로 받아들인다. 이제 연차가 되어 신규 사서교사 멘토나 교생 지도를 하게 되는 순간이 있다. 장서 구성이나 도서관 운영에 대해 이야기할 때 이런 마음을 전달한다.

"전 만화책을 좋아해서 만화책을 많이 사요. 하지만 이걸 싫어하는 선생님도 있어요. 정답이 있을까요? 선생님이 원하는 방식대로 해나가면 돼요. 선생님이 근무하는 동안만큼은 선생님의 도서관이니까요. 그 시간과 공간을 함께하는 선생님과 학생들이 함께 만들어가는 도서관이니까요."

우리는 서로가 서로에게 정답이 되어주지만, 함께 또 따로 각자만의 도서관을 만들어간다.

좋아하면 보이는

【 안현정 】

나는 책을 좋아한다. 책이 많이 있으면 더 좋다. 그러니 사서교사라는 직업은 나에게 잘 맞다. 게다가 직업적 의무감으로 책을 좀 읽기는 한다. 책을 읽으면서 깨달은 것은 모든 학습이 그렇듯이 한계를 넘어서는 순간이 있다는 것이다. 독서력도 서서히 올라가는 게 아니라 계단식으로 어느 순간이 되면 튀어 오르더라는 말이다. 읽다 보니 예전에는 엄두도 안 나던 책도 읽을 수 있게 되고, 이해의 폭이 넓어지니 재밌다는 생각도 든다. 이렇게 독서가 나를 성장시킨다는 것을 몸소 경험했다. 경험을 통해 알게 된 것은 남에게 얘기하고 싶고 전파하고 싶어진다. 이 좋은 걸 아이들에게 어떻게 전할 수 있을까?

초등에서만 근 20년을 근무했기 때문에 내가 아는 책은 초등학생 수준을 벗어나기 힘들었다. 읽고 싶은 책보다는 읽어야 하는 책이 우선했기 때문에 필요한 책을 읽을 수밖에 없었다. 그러다가 중학교로 발령이 났다. 초등에서 근무하다가 중학교로 오니 도서관 업무는 익숙한데 책이 너무 낯설었다. 아는 책이 몇 권 없어서 충격이었다. 급하게 읽기는 해야 하니 쉽게 읽히는 소설부터 읽기 시작했다. 청소년 소설을 읽게 된 것이 이때부터다.

우리가 자랄 때는 청소년 소설이라는 분야가 없었다. 요즘엔 청소년 소설이 엄청나게 쏟아지고 있다. 청소년 소설은 대부분 청소년이 주인공이고 성장에 초점을 맞추고 있다. 생각의 틀이 초등 울타리를 벗어나지 못해 중학교 선생님도 어렵고 아이들도 이상하다고 느끼던 무렵에 나는 청소년 소설을 읽으며 성장했다. 사춘기 아이들에 대해 마음을 열고 긍정적인 눈으로 바라볼 수 있게 되었다.

중학교로 올 때 마침 우리 아이도 중학교에 진학할 무렵이었다. 그래서 늘 아이들과 함께 읽으며 반응을 보았다. 어떤 지점을 재미있어 하는지, 왜 책 읽기가 싫은지, 어떻게 책을 읽게 만들지를 고민하며 아이들을 이해하려고 했다.

학교에서 아이들과 대화해보면 아이들이 느끼는 현실적인 두려움이 생각보다 크다는 걸 알게 된다. 아이들에게 거는 주변의 기대는 거창하고, 자신의 이상은 높은데 현실은 미약하다. 그런 점이 소설에서도 많이 드러난다. 스스로는 진지한데 주변에서는 어리석다고 본다. 아이들은 그런 경험에 상처를 많이 받는다는 것을 알게 되었다. 소설의 첫 만남 시리즈에 있는 최양선 작가의 『미식 예찬』이나 야스다 카나의 『네가 속한 세계』를 읽어보면 어떨까 슬쩍 추천하고픈 마음이다.

도서관에 오는 아이들에게라도 자신감을 가지라고 말하고 싶었다. 아직은 배우는 과정이라 서툰 것이 당연하고, 그러기에 배우는 거라는 걸 알게 하고 싶었다. 그래서 도서관에서 책을 권해줄 때는 조심스럽지만 적극적으로 된다. 재미있는 책을 추천해달라고 오는 아이들은 적극적이라서 이쁘다. 『아몬드』나 『페인트』를 읽은 친구들이라면 『구덩이』나 『슬픔이 나를 집어삼키지 않게』를 살포시 추천한다. 내가 추천해주면 진지하게 듣고 한 권씩 빌려 간다. 다른 책도 꼭 읽어보겠다고 말한다. 사서 선생님에게 물어볼 엄두를 못 내고 서가를 배회하며 고민하는 아이들에게는 책 정리를 핑계로 자연스럽게 다가간다. 서가에서 뽑아낸 책 한 권을 들고 있다면 그 책에 대해 알고 있는 작은 정보라도 활용해 말을 걸어본다.

"이 책 너한테 재미있을까? 여자 친구들이 서로 속내를 드러내며 수다 떠는 내용이야. 평소 관심 있었던 건지 생각해봐."

"여기 주인공이 지붕에서 떨어졌대. 근데 머리부터 부딪혔다는 거야. 어떻게 되었을까?"

"창업에 관심 있으면 이 책도 괜찮아. 어설프지만 청소년들이 돈을 벌어보는 내용이거든."

자기가 얼떨결에 고른 책에 대해 이러쿵저러쿵 듣고 나면 내려놓거나 관심을 보이며 대출대로 간다. 옆에 서 있던 친구들도 한 권씩 꺼내 어떠냐고 물어온다. 그러니 아이들이 고르는 책에 대해서 몰라서는 안 된다는 책임감이 생긴다. 가끔, 아니 종종 듣는 말이 있다.

"선생님, 여기 있는 책 다 읽으셨어요?"

나는 이렇게 대답한다.

"얘들아, 나를 괴물로 만들지 마. 나 되게 인간적인 사람이야."

이 대답에 웃지 않는 친구들은 없었다. 아마 도서관에 있는 책 다 읽었다고 하면 사서교사라는 직업에 대해 모두 진저리를 칠 거다. 하지만 그렇게 대답하기 위해서 나는 모든 책을 다 열어보아야 한다. 우리 학교에 내 손길이 한 번도 지나가지 않은 책은 없을 것이다. 내 손으로 하나하나 자리를 정해주었으니 말이다. 쓱 보는 것만으로 이 정도 알은체를 할 수 있으니 나도 약간 고수의 냄새가 난다.

이렇게 가끔은 웃기고, 가끔은 진지하게 아이들에게 책의 재미와 의미를 알려주고 싶다. '나도 읽을 수 있는 사람'이라는 것을 알게 해주고 싶다. 책은 재미없고, 책 읽기는 힘든 일이라는 고정관념이 완전히 자리 잡기 전에 맑은 책의 우물가로 데려와 시원한 책을 마시게 하고 싶다. 내가 좋아하는 책이기에 가능한 일이다.

책 추천을 하면서 사서교사로서 보람을 가장 많이 느낀다. 수업도 하고, 장서 관리도 하고, 행사도 하지만 무엇보다 내가 여기 필요한 존재라는 사실을 느끼게 된다. 지난번 추천해준 책을 재밌게 읽었다며 다시 추천해달라는 학생, 사서 샘 추천 덕분에 책을 읽게 되었다는 후기 한 줄이 오늘도 나를 행복하게 한다. 책이 있어 참 좋다.

배우고 또 배우고

【 김윤화 】

수험생활이 끝나고, 사서교사가 되면 수험서 말고 내가 보고 싶은 책을 마음껏 볼 것이라 다짐했다. 그런데 막상 일을 시작하니 하면 할수록 나의 부족함을 깨닫고 각종 연수를 신청하게 되었다.

교육청에서는 신규 사서교사를 대상으로 2월에 연수를 실시한다. 이 연수는 꼭 들어야 한다. 공문 작성하는 법, 교과에서 필요한 기술부터 시작하여 노후 설계 방법까지 내용의 폭이 넓다. "나는 그런 거 안 들었는데요?"라고 할 수 있다. 교육청마다 연수를 개설해서 수업 내용이 모두 다르기 때문이다. 그런 부분에서 아쉬움이 있을 수 있지만, 같은 지역에서 근무할 사서교사를 만나 함께 교육받고 활동할 수 있다는 점이 매력적이다.

나는 책쓰기 동아리를 맡게 되어 책쓰기 연수를 들었다. 책이 제작되는 과정을 모두 알게 되어 좋았다. 책쓰기 동아리를 맡지 않은 선생님도 이 연수를 듣는 것을 추천한다. 이 연수를 들으면 책쓰기와 글쓰기가 동일하지 않고, 누구나 쓸 수 있다는 자신감을 갖게 된다. 나만의 책을 만들 수 있다는 기대감이 생긴다.

독서 토론 관련 연수를 듣는 것도 좋다. 나는 독서 토론 동아리를 맡고 있지 않다. 하지만 교사 독서 동아리에 참여하고 있고, 가끔 행사로 독서 토론을 해야 하는 경우가 있었다. 그런 경우 토론 발제 만들기와 진행하기에 어려움을 느꼈다.

그러던 중에 교육청에서 독서 토론을 위한 연수를 개최했다. 숭례문학당 소속 강사와 함께 소규모로 진행되는 연수였다. 제시되는 논제를 보고 '아! 이렇게 하는 거구나!' 싶었고, 토론을 하며 공감되는 내용과 다른 시각으로 바라보는 의견을 들으며 토론의 중요성을 깨달았다. 교사가 아닌 다양한 직업을 가진 사람들과 모여 독서 토론 모임을 꾸려봐야겠다는 목표가 생겼다.

국어과에서 한 학기 한 권 읽기가 시작될 때, 어떤 내용인지 알아야 지원할 수 있겠다 싶어 관련 연수를 신청했다. 들으면서도 이걸 내가 적용할 일은 없을 거라고 생각했다. 하지만 국어과의 요청으로 주제선택 수업을 맡게 되면서 여기서 배운 글감을 토대로 서평 쓰기를 잘 진행할 수 있었다. 배워놓으면 언젠가는 쓴다는 것을 깨닫고 연수를 더 신청하게 되었다.

책놀이 연수는 책과 함께 놀면서 책에 대한 흥미와 호기심을 갖게 하는 방법을 배우는 활동이다. 이때 배운 내용을 바탕으로 주제선택 수업 시간에 '최고의 책' 1권을 선택한 후 서지사항 용어(서명, 저자, 출판사, 판, 쇄 등)를 친숙하게 알려주고 있다. 배운 지 벌써 몇 년이 지나 기억이 가물가물해질 때면 『책 가지고 놀고 있네』, 『콩닥콩닥 신명나는 책놀이』, 『책으로 행복한 북적북적 책놀이』 같은 책을 찾아본다. 프로그램에 대한 설명이 상세하게 소개되어 있어 수업이나 도서관 행사할 때 참고하여 적용하면 좋다.

교육청이나 공공도서관에서 실시하는 저자 특강을 신청해서 듣는다. 특히 청소년 도서를 집필한 작가 강의는 꼭 찾아서 들으려고 한다. 들은 내용을 바탕으로 학생들에게 책을 추천할 때 이야기해 주거나, 학교 내에서 저자 초청을 하기도 한다. 단, 인기 있는 작가의 경우 전국을 다니며 강연을 하기 때문에 일정 맞추기가 힘들다. 코로나 시기에 저자 초청 일정을 잡고 '제발 코로나로 무산되지 않기를…' 빌고 또 빌었고 무사히 실시되었다. 학생들의 눈이 그렇게 반짝거리고 적극적으로 질문할 수 있다는 것을 그때 처음 알았다.

청소년 책이 아닌 일반 단행본의 저자 특강도 찾아서 듣는다. 예전에는 교수 책이 많았다면, 요즘은 유튜버의 책이 많다. 저자의 폭이 다양해졌다는 것을 새삼 느낀다. 미술, 음악 등에 전문성이 있는 유튜버는 전문 분야를 일반인이 알기 쉽고 재미있게 이야기해준다는 점이 매력적이다. 이런 연수를 듣고 나면 선생님들이 책을 추천해달라고 요청할 때 자신 있게 추천할 수 있는 책이 생긴다.

방학 중에는 각종 기관에서 교사를 대상으로 실시하는 연수가 있다. 그중 미디어 리터러시 연수에서는 신문, 뉴스, 광고 등 다양한 미디어에서 올바른 정보를 분석하고 활용하는 방법을 배웠다. 학생들은 미디어가 더 익숙할 텐데 책에만 머물러 있으면 안 된다는 생각이 들어, 이것 역시 주제선택 수업에 유용하게 활용했다. 수업 준비 시 자료 수집 및 제작에 시간이 오래 걸려 막막해지면 한국언론진흥재단에서 운영하는 미디어 아카데미(KPF 미카) 홈페이지를 이용한다. 자료실에 가면 미디어와 관련된 수업지도안, 활동지 등을 다운받아 활용할 수 있게 되어 있다. (단, 회원가입 후 다운받을 수 있다.)

금융감독원에서 하는 교사 금융 연수도 추천한다. 인기가 많은 연수라 조기에 마감된다. 신규 때 "여러분부터 연금이 반토막 난다. 개별적으로 노후 준비를 해야 한다"라는 말을 듣고 신청한 연수다. 작고 소중한 월급을 알뜰살뜰 지키고 굴리기 위해서 신청했다.

연수에 가보니 다양한 연령층이 있었고, 강의에 대한 열정도 대단하여 쉬는 시간마다 강사에게 질문이 그치지 않았다. 기본적인 금융소장(현명한 소비와 저축 방법), 강의 기법(보드게임을 이용한 금융교육 방법), 그 외 실생활 관련된 금융 지식(재무설계, 보험, 투자) 등 다양하게 구성되어 있다. 주 5일 총 30시간 수업이 이루어지고, 별도의 연수 비용은 들지 않는다. (단, 교통비와 숙박비는 제공하지 않는다고 하니 집 가까운 곳으로 신청하는 것이 좋다.)

'배움에는 끝이 없고 평생 배워야 한다'는 말이 있다. 예전에는 이해가 안 되었는데, 요즘에는 공감이 된다. 배우는 것도 중요하지만 배운 것을 어떻게 삶에 반영하여 실천하는지도 중요하다. 이런 상황에서 사서교사는 어떤 역할을 해야 할지 고민이다.

사서교사가 제일 좋은 직업이다?

【 김선애 】

새롭게 시작한 고등학교 생활은 어떨까?

중학교에서 고등학교로 옮긴 2019년, 일종의 기대감이 있었다. 일찍이 고등학교 생활을 경험해본 후배가 학교를 옮겨서도 선생님들과 모임을 하면서 재미있게 지내는 것을 봤기 때문이다. 아마 중학교보다는 교내에서 긴 시간을 보내니 동료끼리 조금 더 서로를 알게 되고 친해질 수 있지 않을까 생각했다.

세 분이 언제부터 도서관에 오게 되었는지는 정확하게 기억이 나지 않지만, 교무부장님의 주도로 세 분 선생님이 늘 요거트를 드시러 도서관에 오게 되었다. 그 시기 선생님들께 본격적으로 요거트를 대접하고 싶어서 우유를 숙성시키는 작은 기계도 마련했다. 교무부장님(수학과), 인성부장님(미술과), 연구부장님(기술과)이 시간을 맞춰서 도서관에 들르면 나를 포함해서 네 명이 먹을 정도의 요거트를 준비하는 게 일과 중 하나였다. 고등학교 일에 적응하느라 바쁜 나날을 보내는 중에도 꼭 시간을 내서 세 분과 학교 일이며, 세상 돌아가는 일을 얘기하는 것이 하나의 즐거움이었다.

세 선생님이 모여서 이런저런 이야기를 하다가 늘 종착역에 이르는 말은 이런 것이었다.

"김선애샘! 사서 직업 정말 잘 선택했다. 나이 들수록 좋은 직업이다."

교무부장님이 "난 미술만 좋은 줄 알았는데 더 좋은 게 있다. 사서가 제일 좋다"라고 말하면 "그렇죠. 사서가 최고죠"라고 연구부장님이 맞장구를 치신다.

나름대로 무척 바쁜 시간에도 불구하고 시간을 쪼개서 이분들을 응대하는 것인데 저런 말을 자꾸 하는 게 언짢기도 했다. 그런데 그 말에 세뇌가 되었는지 '사서가 제일이다'라는 말이 나쁘게 들리지 않았다. 나를 아껴주는 분들이기 때문에 시기해서 나온 말이 아니라 진심으로 하는 말이란 걸 알 수 있었다.

학교생활을 시작할 때부터 주위 선생님들이 '사서는 나이 들수록 책을 많이 알게 되어서 좋은 직업이다'라고 말한 것이 기억난다. 지난 16년 동안 사서교사라는 직업이 얼마나 좋은지 주위 사람들은 입을 모아 말하지만 정작 나는 머리를 내저으며 아니라고, 인정하기 싫을 때가 많았다. 이 직업의 장점과 소중함을 내가 몰라서인지 오히려 다른 사람들이 내 생각을 바꿔주려고 할 때가 종종 있었다.

어느 때보다 열심히 일하던 시절에 만난 동료들이 노동강도가 나름 센(?) 사서의 일을 무작정 부러워하는 말을 할 때는 서운한 마음도 있었지만, 지금은 사서교사가 좋다는 게 어느 정도 맞지 않을까 하는 생각이 든다. 물론 어느 직업이든 나름의 고충은 있지만 사서교사는 체력이나 마음의 여력에 따라 완급 조절을 하면서 학생들과 선생님들을 만날 수 있다는 장점이 있다. 시일이 정해진 일이 아니라면 어떤 날은 좋아하는 일부터 시작하기도 한다. 도서관을 방문하는 사람들을 환대할 수 있는 마음의 여유가 있다는 것도 좋다. 더하여 동료, 학생들과 함께 우리를 둘러싸고 있는 책을 매개로 즐거운 이야기를 끝없이 나눌 수 있다.

이제는 동료에게 말한다. 사서가 제일입니다.

다시 신규의 마음으로

【 정지원 】

교사는 보통 4년마다 학교를 옮긴다. 한 학교에서 4년을 근무하면 같은 교육청 내의 학교로 발령이 날 수도 있고 다른 교육청으로 발령이 날 수도 있다. 중학교에서 고등학교로 옮기기도 한다.

대구 사서교사는 보통 중학교에 근무하면 계속 중학교에, 고등학교에 발령이 나면 계속 고등학교에 있어서 급간 이동은 별로 없는 편이다. 나는 처음 발령을 받았을 때 중학교로 발령받아 허둥지둥, 우왕좌왕 4년을 보냈다.

아무것도 아는 게 없었던 신규 시절, 의지할 데라고는 발령 동기 선생님들뿐이었다. 동기들은 임용시험에 합격하기 전, 학교도서관에서 근무한 경험이 있었다. 그래서 아무것도 모르는 나는 동기 선생님들께 매일 전화를 걸었다.

"선생님, DLS 진급 처리하려면 어떻게 해야 해요?"

"선생님, 도서 구입할 때 학부모 위원은 어떻게 구하나요?"

"선생님, 이거 너무 작은 건데… 물어봐도 될까요?"

학기 초에 해야 하는 일부터, 이건 이렇게 하는 게 맞는지, 저건 저렇게 하는 게 맞는지 확인하고 또 확인하며 1년을 보냈다.

한번은 같은 부서의 부장 선생님께 혼이 난 적이 있었다. 공무원은 공문서에 의해 움직인다. 모든 일을 할 때 계획 문서를 작성하고 물건 구입 품의를 올리고 때때로 결과 보고도 한다. 이런 일련의 과정에 따라 일을 진행하는데, 신규 교사였던 나는 공문서 작성을 잘하지 못했다.

부장 선생님은 신규 교사가 잘 배우길 바라는 마음으로 꼼꼼하게 문서를 확인해주셨다. 분명 잘 작성했다고 생각했고 확인도 여러 번 했다. 틀린 것이 하나도 없었는데, 결재 버튼만 누르면 자동으로 실수가 생성되는 게 아닐까 싶을 정도로 오류가 드러났다. 확인할 때는 보이지 않던 날짜의 요일, 괄호, 점 등이 부장 선생님에게는 잘 보이니 예로부터 전해 내려오는 '오타 자동 발생설'은 틀림없는 사실인 것 같았다.

나에게 보이지 않는 실수가 부장님의 꼼꼼한 눈에 다 걸렸다.

"다시!"를 외치시며 수정할 부분을 조목조목 짚어주셔서 대여섯 번 회수와 결재 버튼을 눌렀다. 꼼꼼하지 못한 내가 실망스럽고 어느 것 하나 허투루 넘어가지 않는 부장 선생님이 조금은 힘들기도 했다. 물론 그 부장 선생님 덕분에 공문서 쓰는 법은 확실히 배울 수 있었다.

동료 사서 선생님들께 매일 전화하고 회수와 결재를 반복하던 일상에서 차츰 아는 것도 생기고 어느 정도는 혼자 할 수 있는 것도 생기면서 가끔은 내가 전화를 받기도 했다. 물어오는 선생님들에게 답변을 해주면서 나도 모르게 차츰 성장하며 4년을 보냈던 것 같다. 학생들과 학부모와 함께 독서기행도 가고 출판사에 전화해서 작가를 섭외해 작가와의 만남도 진행했다.

항상 잘하지 못했지만 '조금씩 성장하고 있구나' 하고 느끼는 순간도 찾아왔다. 스승의 날에 졸업생 제자들이 찾아왔을 때, 뿌듯함과 감사함을 느꼈다. 협력수업을 하는 도중 '도서관에서 수업할 수 있어서 좋아요!'라는 피드백을 받기도 했다. 도서관의 단골 학생이 늘어가고 사서교사는 어떻게 될 수 있냐고 묻는 학생도 있었다. 그런 순간순간이 모여 기쁘고 감사했다.

이제 어느덧 대망의 4년 차가 되었다. 4년 차가 되면 내가 갈 수 있는 학교가 어디일지 2학기부터 생각하기 시작한다. 교사는 다른 학교로 발령을 갈 때 내신서라는 것을 쓴다. 내신서를 쓸 때는 총 3~4개 정도 희망 학교를 쓰게 되는데, 주로 같은 교육청 내 학교를 쓰고, 고등학교에 가고 싶다면 고등학교만 써야 한다고 교감 선생님께서 알려주셨다. 사실 내가 가고 싶은 학교는 고등학교였는데, 집 위치와 공문으로 내려온 발령 가능한 학교를 보면서 고민 끝에 한 교육청의 중학교를 쓰게 되었다. 그러면서도 비고란에 혹시나 하는 마음에 약간의 말을 덧붙이는 것을 잊지 않았다.

새로운 발령의 순간은 첫 발령을 받았을 때처럼 떨렸던 것 같다. 어떤 학교에 가게 될지, 집하고는 가까운지, 학생 수는 많을지, 걱정이 많았지만 받아들여야 하는 현실이라 마음을 단단히 먹으려고 노력했다. 새로운 발령지가 다행히 집과 가까운 곳이어서 우선은 기쁜 마음으로 발령을 받아들일 수 있었다. 운이 참 좋았다.

2월 중순 발령 학교로 인사를 갔을 때 환하게 웃으며 반겨주시던 교장 선생님과 교감 선생님께 감사한 마음이 들었다. 학교 규모가 기존의 학교보다는 작지만, IB학교라는 점, 학교도서관 리모델링을 앞두고 있다는 점에서 덜컥 겁이 나기도 했다.

2월 말 기존의 선생님들과 새로 발령 온 선생님들과 함께 인사를 하고 도서관 업무도 인수·인계받으면서 3월 개학을 준비했다. 3월 개학을 준비하면서 다시 또 4년을 잘 보내자고 다짐했다.

3월 2일, 대망의 개학을 하면서 '아, 나 신규구나!' 하는 생각이 들었다. 학교를 옮기고 나니 다시 신규 교사가 된 것 같은 느낌이었다. 기존 학교와 일을 하는 방식도 다르고 누구에게 물어봐야 하는지도 몰랐다. 막막하고 어려운 기분이 들면서 다시 동료 선생님들에게 전화해 물어보니 선생님도 같은 기분을 느낀다는 이야기를 해주셨다. 우리는 다시 새로운 마음과 협력을 다짐했다.

새로운 학교에 간다는 것은 새로운 마음으로 다시 시작하는, 마치 직장을 새롭게 옮기는 것과 같은 기분이다. 새로운 환경에 새로운 학생, 새로운 규칙에 적응해야 한다. 익숙한 것이 편한 것은 사실이다. 이전 학교에서 만난 모든 것과 이

별한다는 것이 아쉽지만, 새로움이 주는 산뜻함은 나를 긴장하게 했고 나태해지지 않도록 만들어주기도 했다. 이곳에서는 학생들에게 유익한 일을 더 많이 할 수 있도록 노력해야겠다.

앞으로 나는 이 산뜻함을 여러 번 경험하게 될 것이다. 그때마다 긴장하고 허둥댈지도 모르겠다. 그렇지만 나도 모르는 사이 3월 개학 날의 나무처럼 푸르른 새잎이 조금씩 자라날 것이다. 새로 시작하는 마음으로 이번 학교에서도 조그마하게 나에게 응원을 보내고 싶다.

'화이팅!'

나는 무엇을 가르치는가

【 안현정 】

며칠 전 딸을 학교에 데려다주면서 수업에 관한 이야기를 나누었다. 아이가 학교 가기 싫다고 하기에 선생님이 더 학교 가기 싫다는 뻔한 말을 하면서 힘들었던 이번 학기 첫 수업 얘기를 들려주었다. 열심히 수업 준비를 했음에도 불구하고 그날의 상황, 날씨, 구성원에 따라 얼마나 수업에 변수가 많은지 하소연을 좀 했다. 거기다가 내가 수업을 잘하지 못해서 아이들이 내 말을 안 들었나 보다 하며 약간 겸손한 척도 했다.

그러자 딸이 이렇게 대꾸했다.

"선생님은 NPC야."

처음 들어보는 말이었다. 무슨 뜻인지 물으니 게임 속에서 그려지는 배경 같은 인물이라고 한다. 게임 스토리 뒤에 존재하는 장치라는 것이다. 내가 무슨 의미인지 이해를 못하자 드라마에 나오는 행인 1, 행인 2 정도라고 예를 들어 설명해주었다. 학교 수업에서 선생님이 주인공은 아니라고 늘 생각했지만 그렇다고 이렇게 배경으로 물러나게 될 줄은 몰랐다. 수업의 주인공은 아이들이고 주된 줄거리는 교육과정이라면 선생님은 칠판이나 에어컨 같은 존재인가? 딸의 말은 아이들은 그렇게 생각하니 아이들이 말 안 듣거나 성의 없어도 상처받지 말라는 거였다. 그 말이 위로가 되기는커녕 상처를 받은 나는 선생님이 아닌가?

사서교사는 비교과 교사라 가르치도록 정해진 과목은 없다. 그래서 초등학교에서는 도서관 이용 교육과 방학 캠프의 형태로 수업했고, 중학교에서는 자유학기의 주제 선택 수업을 하고 있다. 모든 수업에 교과서가 있는 게 아니니 수업할 때면 교육과정을 만드는 것부터가 시작이다. 주어진 것은 주제뿐이다. 하지만 도서관에 널린 게 책이니 어떤 수업이든 책을 활용하는 교육과정을 설계해서 진행할 수 있다.

이번 학기는 주제가 음악이다. 도서관에서 음악 수업을 하라니 일단 하겠다고 한 후 한동안 고민이 많았다. 음악은 실기 교과라는 생각에 듣고 연주하고 불러봐야 하는데 도서관에서 할 수 있는 것은 감상에 그치지 않을까 하는 생각이었다. 쉽게 생각할 수 있는 것은 모차르트나 쇼팽 같은 음악가와 음악 사조를 담은 책을 읽으며 음악을 감상하는 수업이었다. 그런데 정작 나는 작곡가에 대해 잘 모른다. 그러니 음악에 대한 재미있는 뒷이야기도 할 수 없고, 연주 기법이나 역사에 대해서도 알려줄 수 없는 형편이다.

생각을 바꿔 K-POP이 세계적인 인기이니 아이들이 좋아하는 대중가요를 듣고 노래와 관련된 책을 찾아보면 어떨까, 하는 생각도 들었다. 아이들도 좋아하겠지? 그런데 정작 나는 대중가요와 요즘 아이돌을 거의 모른다. 관련을 어떻게 지어야 할지도 막막하려니와 아이들이 잘했는지 판단할 수도 없을 것 같다. 또 이 책 저 책 찾느라 도서관이 엉망이 되어 있을 걸 생각하니 감당할 자신이 없었다. 그래서 예술, 철학, 교육학 서가를 틈틈이 돌아다니며 어떻게 할까를 생각하고 또 생각했다. 몰입 그 자체다.

그러다가 눈에 들어온 책이 있다. 『쓸모 있는 음악책』. 음악이 어떤 쓸모가 있을까? 잘 모르겠다. 그냥 음악 덕분에 세상이 좀 더 부드러워지려니 하는 막연한 생각뿐이다. 쓸모가 뭘까 생각하며 얼른 책을 살펴보니 음악은 여러모로 쓸모가 있었다. 머리도 좋아지고, 몸도 건강해지고, 자기를 긍정적으로 인식하게 하며 성공으로 이끈다고 한다. 막연한 생각이 구체적으로 나오니 참신하게 느껴지고 더 알고 싶다는 생각이 들었다. 아이들과 내가 모르는 걸 함께 알아가는 것도 좋겠다 싶었다. 그래서 이 책으로 정했다. 함께 읽어보며 음악의 쓸모를 찾아보자고 말이다.

교육 내용이 정해지니 어떻게 풀어나갈지는 길게 고민하지 않아도 되었다. 한 학기 한 책 읽기로 책을 가지고 하는 수업이 자연스러웠고, 연수도 여러 번 받았다. 지금은 한 학기 수업의 뼈대를 잡아놓고 매시간 함께 아이들과 읽어나갈 책을 기대하고 있다. 물론 많은 시행착오를 겪으며 힘들어하겠지만 방향이 정해진 만큼 마음은 가볍다. 시작이 반이라고 하니 이 정도면 다 한 거지 싶다.

작년에는 미디어 리터러시였고, 재작년에는 그림책으로 하는 도덕 수업이었다. 학교에 구비되어 있는 리터러시 관련 도서는 모두 훑어보았고, 중학교라 부족했던 그림책을 모아 수업에 활용하느라 한동안 애먹기도 했다. 매번 뭘 해야 할지 몰라 고민할 때는 괴로웠고, 한 학기가 지나가고 나면 후련함과 미련이 생긴다. 여전히 나는 무엇을 가르치는 교사인가 하는 고민이 남는다. 정해진 게 없다는 것은 무엇이든 할 수 있다는 가능성이기도 하지만 전문성이 부족해지는 건 아닌가 하는 염려도 있다. 교과 교사도 물론 주제 선택 수업 앞에서는 다들 고민하겠지만 사서교사처럼 변화무쌍하지는 않을 것이다.

도서관이 그런 공간이기는 하다. 한국십진분류법에 따르면 도서관학은 총류다. 아이들에게 10개의 분류법을 설명할 때 총류는 한 권의 책 속에 나머지 9개 주제가 모두 들어가 있거나 10개 주제 어디에도 들어갈 수 없는 애매한 주제라고 설명한다. 도서관학은 어디에도 들어갈 수 없지만 모든 걸 품고 있다. 굉장히 그럴싸한 말이기는 한데, 다르게 생각하면 주류는 아니라는 거다. 그러니 내가 주류에 전문적인 내용을 가르치는 것이 아닌 게 맞을 것 같다.

물론 주류가 아니라고 중요하지 않다는 건 아니지만 수업에는 전문가가 되고 싶은 욕심이 있었나 보다. 교사로서 아이들과 만나는 시간이 제일 중요하니 나도 그 시간에 인정받는 존재가 되고 싶은 모양이다. 교과가 있는 게 더 전문적으로 보이니 내심 부러웠던 거다. 결론적으로 나는 무엇을 가르쳐야 할까, 하는 고민이 마음에서 떠나지 않는다.

도서관에서 근무하기 때문에 다양한 수업을 해볼 수 있다는 것은 장점이다. 지루한 반복보다는 늘 새롭고 도전적인 것이 성격에도 맞다. 그래서 내가 아이들에게 무엇을 줄 수 있는지가 늘 고민이 된다. 수업 시간에 아이들과 많은 것을 공유한다는 것은 중학교 교사로서 그들과 동질감을 느낄 수 있는 기회라고 생각한다. 무얼 가르칠지는 항상 고민이겠지만 기대와 설렘으로 그 시간을 채워갈 수 있기를 오늘도 간절히 바라본다.

알아두면 쓸모 있는
학교도서관과 사서교사 이야기

5

같이 울고 같이 웃는 곳, 학교도서관

【 박미진 】

"민지(가명)야, 어서 와!"

"선생님, 여기요!"

민지가 얼음이 담긴 종이컵을 내 쪽으로 쑥 내민다. 날씨가 더워지면서 민지가 건네는 얼음물이 반갑기만 하다.

요즘 민지는 누가 시키지 않아도 하루에 한 번 얼음물을 가져다준다. 교실(특수학급) 정수기에서 얼음을 가득 담아 도서관으로 온다. 그러면 나도 민지에게 젤리 하나를 건네며 고마움을 표현한다.

중학교 3학년이 된 민지는 올해부터 특수학급에 배정되었다. 작년까지는 일반 교실에서 지내다가 수업이 힘들 때 가끔 도서관에 있다가 교실로 돌아갔다. 물론 학교 상담실에도 가고, 보건실에도 갔다. 하루는 2층 도서관 창문 너머로 몸을 내밀려고 해서 깜짝 놀랐다. 그 후로 상황이 더 나빠져서 학교에 오지 못하고 병원에 입원할 때도 있었다.

집 부근 지구대에서도 민지를 잘 안다고 했다. 한번은 민지와 이런 대화를 나누었다.

"코코(애완견 이름)는 잘 있니?"

"네. 코코는 제가 산책시켜 줘요."

"코코가 너랑 산책하러 나갈 때 좋아하겠네?"

"네. 근데 어제는 경찰이 집에 왔었어요."

"왜?"

"제가 상담하는 데 전화해서 죽고 싶다고 했는데요. 좀 있다가 우리 집에 경찰이 왔어요."

"……"

"지난번에는 현관문을 뜯고 왔는데, 어제는 열고 들어왔더라고요."

마음이 힘들 때는 눈빛도 불안하고 어두워 보여서 걱정이 된다. 양쪽 팔에 붕대를 감고 온 적도 여러 번 있다. 날카로운 것으로 자해를 한 것이다. 담임 선생님과 이야기를 나누면서 대충 알고는 있었지만, 어떻게 도와줘야 할지 막막해서 안타깝기만 하다.

"민지야, 코코가 속상하다고 자기 머리를 콩콩 때리면 네 마음이 어떻겠니?"

내가 무슨 이야기를 하고 싶은지 안다는 듯이, 아니면 코코가 자기 머리를 때리는 장면을 상상하는지 얼굴에 살며시 웃음기가 돈다.

"그러지 말라고 말리겠지? 네 몸에 그렇게 하면 안 된다. 알겠지?"

어제와 달리 좀 편안해진 얼굴로 민지가 작은 상자 하나를 가지고 들어온다. 상자 안에는 교실에서 만든 빵이 4개 담겨 있다. 나와 함께 나눠 먹고 싶어서 가지고 왔다고 한다. 마침 수업 시작종이 울려서 다른 아이들이 교실로 올라가고 잠시 민지와 둘이 남았다. 대출대 한쪽에 서서 빵 1개를 집어 먹어본다. 생각보다 맛이 좋다.

"민지야, 정말 맛있다! 민지가 있어서 샘이 너무 행복하네!"

민지가 학교에 오지 않는 날은 무슨 일이 있나 슬며시 걱정이 된다. 민지가 가져다주는 얼음은 얼음 이상의 의미가 있는 것 같다. 민지는 어느덧 나의 일상에서도 소중한 존재가 되었다. 민지가 힘든 시기를 잘 통과해서 '그땐 내가 좀 힘들었지' 하며 덤덤하게 말할 수 있을 때가 오길 바란다.

중학교에 있다 보면 사춘기를 앓기 때문인지 인생의 폭풍 한가운데를 걷는 것 같은 아이들을 종종 만난다. 겉으로 표가 나든 그렇지 않든 청소년 시기는 누구에게나 질풍노도의 시기일 것이다. 돌아보면 나 또한 그런 과정을 거쳐 오늘에 이르렀으니, 인생의 과정인 듯도 하다.

2015년, 할머니 할아버지와 살던 중학교 3학년 도서부 친구가 생각난다. 가민(가명)이는 엄마 아빠의 이혼으로 어려서부터 줄곧 할머니 할아버지가 키웠다. 1살 터울의 언니가 있었는데, 언니도 도서부였다.

공부도 잘하는 편이고 웃기도 잘했던 아이가 3학년 2학기 언젠가부터 점심 급식을 먹지 않았다. 표정도 많이 어두워졌다. 이유를 물어봐도 그냥 먹기 싫다고만 했다. 단둘이 있을 때 조용히 이야기를 나눴다.

"어떤 남자애가 저보고 엄마 없는 애라고 놀렸어요."

"뭐라고? 누구야 도대체! 혼내야겠네."

일부러 크게 화를 냈다.

"할머니가 인문계 안 보내준대요. 빨리 돈 벌라고 전문계 고등학교 가야 한대요."

무슨 말을 해야 할지 말문이 막혔다. 두 가지 모두 아이가 감당하기에 힘들 거 같았다.

나중에 가민이는 환청과 환시 증상까지 보여 상담도 받고 약도 먹게 되었다. 그래서 교실에서 수업을 듣기 힘들어졌다. 점점 말라가는 가민이는 상담실이나 보건실에 하루 종일 있다가 집에 갔다. 나중에는 담임 선생님과 의논해서 도서관에 잠깐씩 있었다. 지금도 기억나는 장면이 있다.

"선생님, 누가 우리 얘기 들을지도 몰라요."

"지금 아무도 없는데? 그냥 얘기해 봐."

"아니에요."

그러면서 가민이는 컴퓨터 자판을 끌어당겨서 하고 싶은 말을 적고는 급하게 지웠다. 내가 생각했던 것보다 많이 아프고 힘들었다. 결국 가민이는 할머니가 원하던 전문계 고등학교에 차석으로 입학했다. 졸업하고도 자주 연락이 왔다. 아이가 하는 이야기를 들어주는 것이 다였다. 지금은 원하는 간호학을 전공해서 대학교 4학년 졸업반이다. 이제 실습 나갈 곳을 찾는다고 한다. 언제 이렇게 컸나 싶다.

언젠가 여름방학에 연락이 왔다. 아르바이트 쉬는 날인데 꼭 만나고 싶다고 했다. 우리는 저녁을 같이 먹기로 하고 약속 장소에서 만났다. 손에 커다란 종이가방이 들려 있었다. 아르바이트 한 돈으로 나에게 선물하고 싶었다며 손편지와 함께 선물을 내밀었다.

사랑하는 선생님께

안녕하세요, 선생님. 저는 선생님의 1호편 이가핀입니다!!
제가 도서부원으로 활동하면서 도서관 왕래하던 게 엊그제 같은데
벌써 9년이라는 시간이 흘렀습니다.
멋모르고 철없던 시절부터 평범한 대학생이 될 때까지
늘 선생님이 옆에 계셔서 힘이 났습니다.
제가 20살이 되던 날까지 선생님께 받은 기억밖에 없습니다.
제가 해드릴 수 있는 게 없어서 항상 죄송했습니다.
이제 선생님께 조그만 선물을 할 수 있는 능력까지 생겨서 행복합니다.
쌤, 저 평생 선생님 제자 할래요. 사랑해요.

이 편지는 내 화장대 안쪽 가장 잘 보이는 비밀 공간에 붙어 있다. 어렵고 힘들었던 시간이 단지 힘들었던 시간으로 끝나지 않고, 서로를 기억할 수 있어서 좋다. '그때 그랬지' 하며 함께 이야기할 수 있어서 감사하다.

오늘도 폭풍 속을 걷는 누군가가 학교도서관을 딛고 힘겨운 오늘의 삶을 통과할 수 있기를 응원한다.

그 시절 학교도서관 만들기

【 안현정 】

사람의 기억력이란 믿을 게 못 된다. 방금 본 것도 잊어버리기 일쑤인데 하물며 20년도 넘은 기억을 꺼내보려니 기억은 가물가물하고, 가슴도 두근두근한다.

나의 첫 학교는 집에서 대중교통으로 1시간이 넘는 거리였다. 출근과 퇴근이 가장 힘든 일이었으나 그래도 항상 설레는 마음으로 다녔던 건 역시 새내기였기 때문이지 싶다.

먼지가 가득 쌓이고, 오래된 책이 한구석에 모여 있는 텅 빈 두 칸 교실이 나의 첫 발령지다. 초등학교 졸업 10년 만에 다시 온 학교는 여전했으나 완전히 달랐다. 무엇보다 내가 만들어야 하는 도서관이 있다는 사실이 말이다.

어린 시절 내가 다니던 초등학교에는 안타깝게도 도서관

이 없었다. 도서 담당 선생님의 교실 한편에 서가를 두고 여기저기서 모아둔 책이 있으면 그곳이 도서관이었다. 나는 부지런한 독서가도 아니었고, 부끄럼이 많은 내성적 성격이라 남의 교실에 함부로 들어가기도 무서웠다. 그러니 초등학교 때 읽은 책이라곤 집에서 읽은 세계명작전집이 전부였다. 그 시절 나에게 책이란 얼마나 행복한 상상의 세계였는지 모른다. 이름하여 세계명작인 고전만 읽었으니 오히려 책이 많은 것보다는 나았을지도 모르겠다. 지금도 그때 읽은 책을 생각하면 마냥 행복하다.

10년 후 선생님으로 오게 된 학교에는 이제 도서관이 생길 거였다. 하지만 학교 업무도 잘 모르고 도서관도 겨우 조금만 아는 내가 과연 잘할 수 있었을까? 아마 그 시절 나를 도와주신 경력 많고 인자한 선생님들이 아니었다면 불가능했을 일이다.

내가 받은 빈 교실에는 책상도 없었다. 종이와 볼펜도 없었다. 발령 첫날은 교무실에 잠깐 그리고 도서관에서 오래 앉아 있기만 했던 것 같다. 다음 날 연구부장님께 말씀드리니 나를 행정실로 데려가서 볼펜 한 세트, 30센티미터 자, 연필 등의 문구류를 챙겨주셨다. 가만히 있어도 볼펜이며 컵

등 필요한 것을 모두 학교에서 준다고(만) 생각했었다. 아직 학생 티를 못 벗은 선생이었다.

도서관을 멋지게 꾸며보라는 것이 내가 받은 첫 임무였다. 하지만 도서관을 이용해본 경험이 없는 내가 아이들을 위한 도서관을 만든다고 생각하니 무거운 책임감이 느껴졌다. 그래서 많은 학교를 둘러보았다.

포항으로, 서울로 다니면서 그 시절 유명하다는 도서관은 모두 다닌 것 같다. 학교에서 도서관이 무엇이어야 하는가를 정말 깊이 고민했던 시절이다. 가장 충격적인 곳은 잘 꾸며 놓고 문을 닫아둔 도서관이었다. 소문을 듣고 찾아가니 너무 잘해두어서 문을 열 수가 없다고 했다. 분실과 훼손이 염려되는 데다 제대로 관리할 선생님이 안 계셨다. 그 도서관 문 앞에는 깨진 유리 조각이 널브러져 있었다.

좋은 도서관이란 외양이 멋진 도서관이 아니었다. 이용하는 학생들이 많은 도서관이 좋은 도서관이었다. 그런 곳은 운영하는 선생님들의 자부심이 높았다.

도서관을 만들면서 이용이 잘 되면 좋겠다는 생각을 가장 많이 했다. 잘 만들어놓아야 했고, 이용 교육도 멋지게 하고 싶었다. 아이들이 좋아하는 행사도 진행해서 도서관에 자주 오게 하고 싶었다. 그런 생각에 단 하루 쉬고 내내 출근했던 여름 방학마저도 감미로웠다.

남미의 작가 루이스 보르헤스는 '천국이 있다면 그것은 도서관처럼 생겼을 것이다'라고 말했다. 명언이다. 사람마다 다르겠지만 나는 소소한 기쁨이 늘 있는 곳이 천국이라고 생각한다. 그때부터 아이들이 도서관을 천국처럼 느끼게 하고 싶었다.

지금 돌아보면 아마 그때의 도서관은 천국은 아니었을 것이다. 똑같은 책이 30, 40권씩 있었고, 훼손되고 분실될까 염려했으며, 규칙을 강요했다. 나에게 들으라고 했으면 도망갔거나 불평을 늘어놓았을 이용 교육은 지금 생각해도 부끄럽다. 흑백의 OHP 필름에 빽빽하게 한국십진분류표를 써놓고 하나씩 읊어주었으니 말이다. 초등 1, 2학년에겐 학생증을 나눠주고 대출 반납을 알려주는 것만으로도 충분하다는 것을 깨달은 것은 한참이 지나서였다. 마음만으로 일이 되는 건 아니었다.

서가와 열람 책상을 어떻게 배치하는가도 중요하다. 처음 도서관 구조를 설계할 때는 작은 공간에 오밀조밀 많은 걸 넣으려고 했다. 교실 2칸인데도 장서 공간, 열람 공간을 기본으로 저학년 그림책 공간과 교사용 도서 공간도 따로 두고, 여기저기서 모은 파일을 분류해 비도서 공간도 만들었다. 외국의 어느 도서관에서 본 걸 굳이 따라 해본 거였다. 시청이나 군청 같은 관공서에 연락해서 홍보지를 보내달라고 해서 모아두었고, 전문 잡지나 신문에서 스크랩해 둔 자료를 붙여두기도 했다. 아직은 백과사전이 최고의 참고 자료였던 때인지라 많이 이용되었다. 요즘에야 질문만 하면 AI가 다 알아서 답해주니, 생각해보면 웃음이 나는 정보 수집 활동이다.

잘 꾸며두었다고 도서관이 잘 운영되는 건 아니었다. 첫 학교, 두 번째 학교 모두 독서 시범학교라 교육과정 운영에 독서교육이 체계적으로 계획되어 있어 모든 선생님이 함께 했다. 학년별로 수준을 정해 책을 읽히고, 아침 자습 시간에는 선생님과 함께 책을 읽었으며, 일부 선생님은 도서관에서 책을 활용한 교과수업을 나와 함께 진행하기도 했다. 지금이나 그때나 학교도서관 활용의 핵심은 결국 수업이라 그때의 뿌듯함은 모두 함께 근무했던 선생님들에게 돌려야 할 것이다. 지금은 어디 계시는지도 모르지만, 그 시절 함께 근무했던 모든 선생님에게 진심으로 감사의 마음을 갖고 있다.

나는 오늘도 도서관에 있다. 발령 이후 꾸준히 학교도서관에서 근무한다. 몸은 예전 같지 않지만, 마음만은 여전히 천국 같은 도서관을 꿈꾸는 사서교사다. 그때도 지금도 우리 도서관이 참 좋다.

내 꿈은 사서교사

【 김윤화 】

"나는 사서교사가 될 거야."

이 결심이 선 것은 고3, 2003년이었다. 학교에 도서관이 생겼다. 점심을 빨리 먹고 도서관을 찾아갔다. 문을 여니 그동안 창고로 쓰고 있었는지 퀴퀴한 냄새가 났다. 낡은 서가에는 여기저기서 기증받은 것으로 보이는 책이 꽂혀 있었다. 책을 살펴보는데 어둡다는 생각이 들어 천장을 보니 형광등이 띄엄띄엄 끼워져 있었다. 전기를 절약하기 위해서였을까? 한 권을 골라 대출대로 가니 학생이 앉아 종이에 하나하나 손으로 적어 대출과 반납을 처리하고 있었다.

이렇게 이야기하니까 엄청 오래된 이야기 같은데, 그 시절에도 공공도서관에는 바코드를 찍어 대출 반납하는 시스

템이 있었다. 내가 중학생 때 수행평가가 처음 생겼는데, 각 과목 수행평가를 해결하기 위하여 친구들과 공공도서관에 가서 책도 활용하고 인터넷으로 검색도 했었다. 그래서 학교 도서관이 생겼을 때 실망이 컸다.

'내가 생각한 도서관은 이게 아니야! 좀 더 환했으면 좋겠어. 재미있는 최신 도서가 많았으면 좋겠어. 점심시간 말고 도 도서관이 열려 있었으면 좋겠어. 검색대가 있어서 내가 원하는 책을 찾을 수 있었으면 좋겠어. 공공도서관처럼 어른 이 항상 도서관을 지키고 있으면 좋겠어. 도서관에서 일할 수는 없나? 학교도서관 제대로 바꾸고 싶은데….'

그렇게 학교도서관에 대한 불평, 불만으로 가득 차 있을 때 진로 희망을 쓰게 되었다. 도서관에서 일할 수 있는 직업을 검색하다가 공공도서관에서 일하는 '사서공무원'과 학교도서 관에서 일하는 '사서교사'라는 직업을 알게 되었다. 그때는 지금처럼 진로 탐색이 활발하지 않은 시절이다 보니 직접 본 적도 들은 적도 없고, 오로지 인터넷을 통해 접한 정보였다.

그때부터 사서교사가 되려면 어떻게 해야 하는지 검색을 하기 시작했다. 사서교사가 되려면 교직 이수를 할 수 있는 문헌정보학과(도서관학과)를 가서 졸업하고 시험을 쳐야 한다는 정보뿐이었다.

　수시를 쓸 때 부모님의 반대도 있었다. 졸업한 후 취업이 확실하지 않다는 이유였다. 그래도 내 꿈을 이루기 위해 수시 원서를 썼다.

　지금 생각해보면 부모님은 사서교사를 1년에 몇 명을 뽑는지, 시험에 합격할 수 있을지, 사서교사 이외에도 전공을 살려 다른 곳에 취업할 수 있는지 등에 대한 걱정을 표시한 거였다. 그때는 그런 부모님의 마음도 모르고, 내 꿈에 대해 논리적으로 설득할 줄도 몰랐다.

　대학 생활이 시작되었다. 과제에, 시험에, 여름방학에는 학교도서관으로 봉사를 나가며 정신없이 지냈다. 교생실습을 하며 학교도서관이 많이 달라졌다는 것을 느꼈다. 그리고 나도 많이 달라졌다.

　어느새 꿈은 희미해졌다. 대학 과제를 하기에 급급했고, 돌아서면 시험이었다. 정신을 차리고 보니 벌써 졸업이었다. 졸업할 때는 친구들이 다 하니까 경험 삼아 응시해보자는 생각으로 시험을 봤다. 그게 중요한 기회인 줄도 모르고 말이다.

　그 후 사서교사 임용이 몇 년간 없었다. 그동안 학교도서관에서 계약직으로 일했다. 비록 계약직이지만 학교도서관에서 사서로 일을 하고 있다는 만족감과, 퇴직금과 각종 수당을 안 주려고 10개월 단위로 계약하는 부당함을 겪으며 이학교, 저 학교에 다녔다.

그러다가 운 좋게 무기계약직이 되어 한 학교에 있을 수 있게 되었고, 또 운이 좋게 그때부터 사서교사를 조금씩 뽑기 시작했다. 그때부터 나의 도전이 시작되었다. 2015년, 2016년 시험에 계속 떨어졌다.

2017년, 이번에 안 되면 시험을 그만둔다는 심정으로 모든 것을 쏟고 끝내야겠다 싶었다. 2017년에 시험을 준비하며, 그동안 시험 준비를 한 게 아니라 취미 삼아 공부를 한 거구나 느꼈다. 전에는 학원 강의를 듣기에 급급해서 그것을 내 것으로 소화하지 못했었다. 하지만 마지막 해는 출근 전, 퇴근 후, 주말 시간에 복습 또 복습을 해서 내 것으로 만들고자 시간을 쏟았다.

드디어 시험, 아는 것을 모두 적는 것을 목표로 담담한 마음으로 응시했다. 바로 2차 면접을 준비했다. 다행히 1차 합격 발표가 뜬 후, 2차 준비에 시간과 마음을 쏟아부었고, 마침내 시험에 합격했다.

꿈을 이루기 위해 전략적이고 성실한 노력이 필요하다는 것을 깨달았다. 무엇보다 운이 중요하다. 나는 좋은 스터디 멤버를 만나서 자료와 학습법에 대해 배우고, 학습에 대한 의욕도 계속 유지할 수 있었다. 그 덕분에 운이 왔을 때 잡을 수 있는 실력을 기를 수 있었다.

2008년 대학 졸업. 2018년 사서교사 합격. 10년을 돌고 돌아 드디어 꿈을 이뤘다.

꿈을 이룬 기쁨은 잠시, 사서교사 업무를 위해 각종 연수에 수업 준비에 정신없이 일하던 어느 순간, 이유를 알 수 없는 허무감이 몰려왔다. 분명 꿈을 이뤄서 기쁜데 왜 이런지 알 수 없는 상태가 지속되었다.

그러던 중 연수를 듣다가 답을 찾았다. 명사형 꿈(직업)과 동사형 꿈(~하는 사람)에 대해 알고 나니 나는 명사형 꿈인 '사서교사' 합격만을 꿈꾸고 있었다는 것을 깨달았다. 그러니 합격 후에 마음속 어딘가 텅 빈 느낌을 느낄 수밖에.

지금은 동사형 꿈을 찾고 있다. 어떤 사서교사가 될지, 어떻게 다른 사람들에게 도움이 되는 사서교사가 될지 생각하고 찾는 과정이 즐겁다.

슬기로운 요즘 학교도서관 활용법

【 김다정 】

학창 시절, 우리 반 교실이 아닌 특별실에 대한 기억을 더듬어본다. 보건실은 쓰러질 정도로 아파야 가는 곳이라고 생각했기에 12년간의 초·중·고등학교 시절 동안 한번도 가본 적이 없다. 지금은 골골하지만, 학창 시절에는 작은 삼손이라는 별명이 있을 정도로 다부진 소녀였다. 아픈 친구를 데려다주러 보건실에 한두 번 가본 게 전부다. 솜씨는 없지만 미술실은 좋아했다. 무언가를 만들고 그리는 활동 자체가 좋았고, 모둠별로 마주 앉아 속닥속닥 수다 떨기 좋아 사랑했던 공간이다. 음악실은 교회나 성당에 있을 법한 긴 나무 의자에 한 줄로 빽빽하게 앉으면 앞 친구를 든든한 가림막 삼아 선생님 몰래 살짝 딴짓해도 걸리지 않아서 좋아했다. 과학실

　　　　　　5. 알아두면 쓸모 있는 학교도서관과 사서교사 이야기

은 교과서 이론에서 벗어나 실험을 한다는 것만으로도 손이 즐거웠다.

그런데 도서관에 대한 기억은 거의 없다. 도서관이 어디 있는지도 몰랐다. 분명 학교 어딘가에 있었을 텐데 말이다. 여러분 기억 속의 학교도서관은 어떠한가?

그때의 도서관은 지금과 달랐다. (그때란 40대 초반 이상인 분들의 학창 시절에 해당함을 미리 양해 구한다.) 도서관은 미지의 닫힌 공간이었다. 도서관이라는 팻말은 있었지만, 항상 자물쇠가 단단히 채워져 있었다. 게다가 학생들의 통행이 드문 건물 한쪽 구석에 자리 잡고 있었다. 도서실에 상주하는 담당 선생님도 도서부에 대한 기억도 당연히 없다. 겨우 끄집어내 본 한 조각의 기억 속에는 다음 학년도 교과서를 받기 위해 처음 가본 도서실의 책장 몇 개, 책상과 의자 몇 개. 언제 마지막으로 대출되었는지 모를 책 몇 백 권이 흐릿하게 남아 있다. 그리고 사용하지 않는 길 잃은 학교 비품까지. 나의 기억 속 도서실은 그런 곳이었다. 어둡고 낯선 곳. 한 단어로 요약해보자면 '창고'같은 곳.

독서교육에 엄청나게 선구적인 학교가 아닌 평범한 학교에 다닌 사람이라면 대부분 비슷한 기억을 가지고 있으리라.

그래서인지 최근에 학교도서관을 방문한 이들은 다들 놀란다. 교사와 학부모는 물론, 학생들 간식을 배달하러 온 분도 "와! 여기 진짜 좋네요. 애들이 책 읽을 맛 나겠어요"라고 훈훈한 소감을 남겨주었다.

며칠 전 아이들 하교 시간이었다. 인상 좋은 수녀님 한 분이 학교도서관 앞에서 머뭇머뭇하고 계셨다.

"무슨 일이신지요? 혹 학생 찾아오셨나요?"

"아~ 안녕하세요. 학교 옆 성당에 이번에 오게 되어 동네를 둘러보던 중에 발길이 여기로 향했습니다. 혹시 실례가 안 된다면 도서관을 잠시 둘러봐도 될까요? 방해가 되지 않게 잠깐이면 됩니다."

조심스럽고 정중하게 물으셨다. 자료 대출이나 장시간 이용은 어려우나 편히 둘러보실 수는 있다고 말씀드렸더니 조용한 발걸음으로 도서관 곳곳을 찬찬히 둘러보셨다.

"감사합니다. 사실 저 예전에 학교도서관에서 근무한 적이 있답니다. 지금과 많이 달랐지요. 공간도 겨우 교실 1칸 반 정도였고, 책 뒤에 카드를 꽂아두고 대출 반납을 일일이 손 글씨로 기록했는데 말이에요."

그 말에 추억이 방울방울 맺혀 있었다. 이어서 그 시절 이야기를 잠깐 들려주셨다.

"잠시 일했지만, 그때는 책도 많지 않았고 영상 자료나 이런 예쁜 홍보물도 없었는데 너무 좋네요. 들어오고 싶은 곳입니다. 아이들도 선생님도 행복해지는 공간이겠어요."

수녀님의 활짝 핀 얼굴에 덩달아 나도 미소가 지어졌다. 수녀님은 도서관에 들어오는 아이들을 지긋이 바라보다 "늘 건강하세요"라는 덕담까지 남기고 도서관을 떠났다.

학교도서관은 이렇게 변화하고 있다. 나날이 업그레이드 중이다. 학교도서관 활성화 사업을 통해 대부분이 현대화를 이루었고 학교기본운영비의 3% 이상을 도서 구입비로 확보하여 학생·교직원·학부모 교육공동체의 의견을 반영한 다양한 도서를 확보하고 있다. 명칭은 '도서실'에서 '학교도서관'으로 바뀌었다. 아직도 혼용되고 있기는 하지만 '학교도서관'이라는 이름이 자리 잡기 시작했다. 물론 인력도 예전보다 많이 확보되어 있고 말이다.

무엇보다 새로 도착한 반짝반짝한 신간 자료가 학생들은 물론 선생님들의 손길을 기다리고 있다. 현재 근무하는 학교의 경우 연 1,000~1,200여 권의 신간이 들어오고, 10종류 정도의 정기간행물을 구독 중이다.

　지역의 학교도서관 집중지원센터와 다른 공공도서관과의 협력이 체계적으로 잘 이루어지고 있으며, 자료 정비는 물론 다양한 독서프로그램이 풍성하게 준비되어 있다. 학생들, 교직원 모두 바쁜 시간을 보내고 있지만 잠시 짬을 내어 도서관에 한걸음 다가간다면 분명 작은 행복 하나를 발견할 수 있을 것이다.

　학교도서관은 자료와 휴식이 있는 열린 공간이다. 더 이상 굳게 닫힌 공간이 아니다. 학교의 교육 활동을 지원하는 공간이자 복합 문화 공간, 때로는 쉼터가 되는 열린 곳이다. '소장 자료'는 물론 '공간', '인적 자원' 모두 활용할 수 있다. 수업용 자료를 미리 준비해 코티칭을 할 수도 있고, 범교과 행사 프로그램을 함께 기획할 수도 있다. 도서관 이용 교육이나 저작권 교육 등에 대한 안내도 받을 수 있다. 선생님들과 협력을 통하면 더 풍성하고 의미 있는 교육 활동을 실천할 수 있는 곳이다.

　조용해 보이지만 조금만 들여다보면 시끌벅적 재미있는 곳, 슬기롭게 활용하면 즐거움과 교육 효과가 배가 되는 공간. 이곳이야말로 많이 활용될수록 더 빛나는 학교도서관이다. 이 글을 읽는 분들이 북적이는 도서관을 함께 만들어주시리라 기대해본다. (교직원이라면) 내일은 근무하는 학교도서관에 쓱 방문해 보시기를 바란다.

앞으로 도서관에서 더 자주 뵙고 싶어요. 북적북적 행복한 학교도서관 함께 만들어 가요! :)

사서교사 김 선생의 하루

【 김다정 】

오전 7시 57분 혹은 신호를 한 번 더 받으면 8시 2분. 수년째 초보운전을 벗어나지 못한 김 선생은 학교 본관에서 조금 떨어져 넉넉하게 남아 있는 도서관 앞 주차공간에 반듯하게 주차를 한다. 책과 텀블러를 챙기고 차에서 내려 열 발자국 남짓만 걸으면 도착하는 도서관. 별관인 탓에 설치된 보안 시스템을 해제하고 유리 출입문을 활짝 열어 힘차게 들어선다.

1층 독립 건물인 도서관은 교실보다 층고가 훨씬 높다. 비스듬한 천장에는 작은 창이 있어 마치 빨간 머리 앤의 집에 있는 다락방의 확대판 같다. 창문을 통해 아침 햇살이 도서관 곳곳에 먼저 자리 잡고 있다. 전등을 켜고 나머지 출입문 3개를 활짝 연다. 활짝 열어두면 교문으로 향하는 쪽 ~

뻗은 길이 한눈에 보인다. 양쪽으로 나무가 있고, 다양한 꽃이 피어나는 화단이 있어 매일 매일 느낌이 다르다. 나름 우리 학교 최고 뷰 맛집이라고 생각하는 곳이다.

이제 컴퓨터 4대를 켠다. 업무용 1대, 대출 반납 전용 1대, 정보검색용 1대, 수업공간용 1대. 총 4대의 전원을 서둘러 누른다. 학교도서관이 북카페 같은 공간이면 좋겠다고 생각해서 평소 도서관에 잔잔한 음악을 깔아두는데 아침에는 스피커 볼륨을 살짝 높인다. 전자 기기는 이제 끝.

자동처럼 보이지만 하나씩 숫자를 바꿔야 하는 수동 대출 반납 일력표의 숫자를 넘기고 도서관리 프로그램에 접속한 후 도서관 입구에 있는 빨간 도서반납함으로 향한다. 혹시라도 오후 부재중에 반납한 친구가 넣어둔 책은 없는지 확인하고 처리한다. 이제 달콤한 모닝커피 한잔을 위해 포트에 물을 올리고 자리에 앉는다.

자, 오늘도 김 선생의 학교도서관 하루 시작 준비 완료!

어제 오후 반납된 책을 정리하기 시작한다. 수북해진 북트럭을 서둘러 정리해야 아이들이 또 이용할 수 있으니까 마음이 급하다. 쌓인 책을 정리하다 보면 등교하면서 바로 도서관으로 향하는 친구들이 속속 들어온다. 1교시 한 학기 한 권 읽기에 준비하지 못한 책, 기다리던 시리즈 다음 책, 어제 미처 반납하지 못한 책. 1교시 전에 도서관에 오는 친구들은 수업에 늦지 않기 위해 마음이 급하다. 덩달아 내 손이 빨라진다.

오늘은 교내 녹서 영상전 심사를 보는 날. 아이들이 제출한 영상을 옮겨 정리하고 심사표를 출력해야 한다. 부서 부장님, 국어 선생님과 함께 영상을 보며 시상팀을 선정한다. 1차 심사를 거친 팀을 대상으로 해서 금방 끝날 줄 알았는데 생각보다 시간이 많이 소요된다. 편집의 완성도를 따지기보다 아이들의 재치와 상상이 재미있어 고민하다 보니 2시간을 오롯이 도서관에서 함께 보냈다. 금쪽처럼 소중한 공강 2시간을 기꺼이 내주신 선생님들 덕분에 잘 마무리되었다.

쉬는 시간에 아이들이 몰려온다. 4층으로 올라간 고참 3학년들의 발길은 뜸하지만, 1학년들은 참새 방앗간처럼 도서관을 이용한다.

"선생님~ 지난번 제가 읽은 책 뭐죠?"(미안해. 샘은 천재가 아니야. 네가 기억해주면 고맙지.)

"검색대 컴퓨터 비번 모르겠어요!"(검색대 키보드 옆에 그렇게 크게 있는데?)

　"선생님 『페인트』 어디 있어요?"(정면 한 학기 한 권 읽기 코너에 딱 보이네!)

　"샘, 만화책도 쿠폰 스티커 받을 수 있어요?"(대출시 1권당 1권의 독서 스티커를 받을 수 있습니다. 만화책은 제외 / 하루 최대 2장이라는 규정이 있답니다. 모든 쿠폰에 적어두었어요.)

　"앗~ 저 20권 다 읽었는데요. 상품 주세요. 연습장 말고 먹을 거로요."(가능하지만, 사실 연습장이 훨씬 더 비싸단다.)

　"샘, 저 이 시리즈 2권까지 읽었는데 3권은 누가 빌려 갔어요? 제가 가서 왜 반납 안 하냐고 따져야겠어요."(개인 정보라 알려줄 수가 없단다. 대신 연체 안내장 오늘 바로 보내겠어.)

　"종 칠 때까지 몇 분 남았어요?"(네 뒤에 걸린 벽시계를 보니 2분 남았구나!)

　"샘, 오늘 급식 메뉴 뭔지 아세요?"(샘은 해주시는 밥은 다 맛있어서 메뉴 안 봐도 늘 만족한단다.)

　와다다다 쏟아지는 질문에 정신이 없다. 교직 생활 목표가 '친절하고 다정한 사서샘', '가고 싶은 도서관 만들기'라서 열심히 질문에 응하지만, 놓치는 경우도 많다. 가끔은(사실은 제법 자주) 버럭 하기도 한다.

"843로 68ㄱ 번호에 가면 그 책 2권 같이 꽂혀 있을 거야~"

"그게 어딘데요?"

분명 3월 이용 교육 때 도서 검색 방법, 서가에서 찾는 방법을 입이 미르도록 설명했는데 책을 못 찾는 경우는 부지기수이다. 서가 사이를 왔다 갔다 하다 보면 짧은 쉬는 시간이 금세 지나간다. 미처 책을 못 빌린 친구들은 이름을 적어두고 다음 시간까지 찾아달라고 요청하기도 하고 독서 쿠폰을 떨어뜨리고 가기도 한다.

오후에 있을 주제 선택 프로그램 활동지를 준비하고 나니 벌써 4교시 후반. 4교시 후반부터 준비되는 급식을 서둘러 먹어야 점심시간 시작에 맞춰 도서관에 도착할 수 있다. 예전에는 가끔 일하다 보면 점심시간이 임박해 점심을 건너뛰는 일도 종종 있었다. 그렇지만 요즘은 조금 서둘러 먹더라도 꼭 밥은 챙겨 먹으려고 노력한다. 나이가 들수록 밥심이 중요하다는 걸 점점 더 느끼는 짬밥 늘어난 김 선생이니까.

점심시간은 그야말로 도서관의 대목 시간이다. 학년별로 점심시간이 달라 한 시간 내내 아이들이 드나든다. 대출도,

반납도 많고 공부를 하러 오는 친구들도 많다. 도서부는 연체 도서 안내를 하러 교실로 올라가고 "마스크 써라~", "조용히 공부하자~", "이야기 나누고 싶은 친구들은 햇살 받으러 운동장으로!", "여기는 연애하는 공간 아니다" 이런저런 잔소리를 끊임없이 쏟아낸다. 곧 다가오는 시험으로 기출문제를 열람하러 오는 친구들이 있어서 평소보다 더 북적인다. 이용자가 많으면 힘들지만 그래도 적은 것보다 훨씬 좋다. 복작복작한 도서관을 보면 기분이 좋다. 아무도 오지 않아 조용한 공간보다는 시끄럽고 북적이는 도서관을 늘 꿈꾼다.

오후에는 1학년 주제선택 수업이 있다. 도서관에서 진행되는 국어과 독서 프로그램이다. 책을 매개로 읽고, 쓰고, 만들고, 책으로 즐겁게 노는 활동이다. 30명 넘는 아이들은 도서관에 온 것이 마냥 즐겁다. 책이 있는 공간이 주는 안정감을 아이들도 느끼나 보다. 어떤 날에는 모둠별로 책 놀이를 하고, 어떤 때는 독서 신문을 만든다. 자유 책 읽기도 하고 미니 토론도 해본다. 책이 평가나 과제가 아니라 일상 속 즐거움이 되었으면 하는 마음에 얕지만 다양한 활동을 한다.

오늘은 책을 한 권씩 무작위로 고른 후 구성과 서지사항을 확인하는 게임을 했다. 부제, 색인, 쇄, 판, ISBN 등 아이들에게 낯선 용어를 설명한다. 그리고 '작가 소개가 가장 긴 책', '초판 연도가 가장 최근인 책' 같은 질문에 대한 답을 책에서 직접 찾아본다. 이런 활동은 필요한 내용을 신속하게 찾는 팁이 되기도 하고, 저작권 보호를 위해 출처를 정확하게 기재하는 데 유용한 정보이다.

그렇게 깔깔깔 시끌벅적한 2시간의 수업이 끝났다. 다음 시간에도 학교도서관에서 만나기로 약속!

방과 후. 오늘의 마지막 일정이다. 도서부로 구성된 토론 동아리 친구들이 왔다. 도서관 내에 작게 마련된 모둠 회의실을 아지트 삼아 한 달에 2번 정도 책 수다를 펼치는 모임이다. 다른 학생들이 들어오지 못하는 그 공간을 아이들은 몹시도 좋아한다. 함께 읽은 책 혹은 개인적으로 읽어 온 책의 인상적인 부분을 소개하고, 책에 대한 평점도 남겨보고, 영상화한다면 어떤 인물로 캐스팅해 볼까? 같은 의견을 나눈다. 김 선생도 같이 책을 읽고 참여하기도 한다. 미처 책을 읽지 못했으면 끄트머리에 자리 잡고 앉아 간식 배부를 핑계 삼아 가만히 듣는다. 톡톡 튀는 아이들의 발언을 듣고 있자면 시간 가는 줄 모른다. 토론에 이어 다음엔 무슨 책을 읽을지 열띤 고민을 하고 4시 반이 훌쩍 넘어서야 아이들은 도서관을 나선다.

학교가 조용해진 시간. 도서관도 고요하다. 잠시 서가를 한 바퀴 돌고 떨어진 책이나 잘못 꽂힌 책을 빼서 정리하고 서둘러 짐을 싸기 시작한다. 아침에 차에서 가지고 내렸던 책을 다시 집어 든다. 독서 퀴즈를 내려고 읽어야지~ 읽어야지 하면서 들고 다니는데 도저히 학교에서는 읽을 시간이 없다. 숙제처럼 꼭 안고 차에 오른다. (내일 또 그대로 가져올 수도 있다. 아마 그럴 확률이 높으리라.)

오늘 하루가 또 이렇게 정신없이 지나갔다. 앗! 참여 중인 인문독서연수의 숙제도 하지 못했군! 내일이 제출 마감인데 집에 가서 이것만은 꼭 해야겠다.

사서교사의 하루는 이렇게 흘러간다. 학교 밖에 있을 때는 학교가 이렇게 바쁜 곳인 줄 몰랐다. 어떤 선생님이 웃으며 말씀하셨다.

"아니~~~~ 우리가 K-POP 스타도 아니고 하루하루가 어쩜 이렇게 아이돌 일정이냐고!"

학교의 모든 선생님이 그렇다. 수업–업무–상담–연수가 뱅글뱅글 돌아가는 힘든 하루. 선생님들의 노력과 열정이 있었기에 오늘도 무탈하게 마무리되었다.

오늘처럼 내일도 무사히! 행복하길!

못 말리는 직업병

【 김윤화 】

"아악! 내 허리!"

학교도서관에서 사서로 일하게 되어 신나게 움직이며 일한 지 한 달이 지났을 때, 책을 들고 허리를 펼 때 내 몸이 어딘가 잘못됐다는 것을 느꼈다. 책을 내려놓고 걸음을 걸어보는데, 앞으로 한 발자국을 갈 수가 없었다. 허리를 부여잡고 조심스럽게 앞으로 반 발자국씩 움직여 한의원에 가니 무거운 것을 들다가 근육이 놀라서 그렇다고 한다. '책이 무거워 봤자 얼마나 무겁다고 그러지?' 싶었는데, 이사를 할 때도 책이 많으면 비용이 더 붙는다고 한다.

20대에 난생 처음 한의원 경험을 했다. 피 빼고, 부항 뜨고, 침 맞고, 추나요법까지…. 한 달 동안 치료를 한 후 정상적으로 걸을 수 있었다. 조심하지 않으면 나중에는 허리를 기점으로 상체와 하체 모두 아파질 거라는 경고를 들었지만 한의원이 이제 나와는 상관없을 거라며 20대의 나는 흘려들었다.

허리가 다 나은 줄 알았는데 그 후로도 신간 도서 입고, 폐기를 할 때마다 통증이 생겼다. 사서모임에서 허리 통증을 말했더니, 다들 허리랑 손목이 아프다며 한의원을 다니고 있다며, 잘하는 한의원에 대한 이야기가 한참 나왔다. 그러다가 "코는 괜찮아요?"라는 질문을 들었을 때는 이해가 되지 않았다. 허리와 손목이 아픈 것은 이해가 되는데, 코는 왜?

얼마 뒤 코가 이상해졌다. 민감한 상태가 되었고 재채기가 자주 났다. 도서관 서가 뒤, 아래, 책 위에 쌓인 먼지를 제거하기 위해 만지고, 마시고 해서 그런 것 같다. 코로나 발생 후에는 마스크를 착용하는 것이 일상화되었고, 작업 중에 마스크와 장갑을 착용했더니 지금은 괜찮아졌다.

하루는 도서부원이 오더니 재잘재잘 이야기한다.

"샘, 공공도서관에 청구기호 잘못 꽂혀 있는 책 어느 순간 제가 정리하고 있더라고요."

"서점 전시대에 사람들이 보고 비뚤게 놔둔 책을 제가 똑

바로 정리하고 있더라고요."

　나는 솔직히 정리를 못한다. 물건을 어디에 둬야 하는지를 잘 모르겠다. 그렇지만 공공도서관에 가면 잘못 꽂혀 있는 책을 제자리 꽂아주고, 서점에서는 책을 가지런히 정돈한다. 책을 정리하는 것이 습관이 될 정도로 매일 정리해서 그렇다. 좋은 습관을 강조하는 자기계발 서적이 왜 그렇게 많은지가 이해되고 습관의 힘에 대해 깨달았다.

　사서는 여유롭게 앉아서 책을 읽는다고 생각하겠지만, 책을 옮기고 정리하는 일이 기본이다. 책을 폐기하는 일도 일상이다. 예전에는 책을 소장하고 싶은 마음에 이것저것 사놓고 읽지도 못하고 집에 쌓아두었었다. 그러다 도서관 일을 하면서 집에 있는 책을 다 정리해서 처분했다. 집에는 업무적으로 참고해야 되는 책, 한 번 읽은 후 나중에 다시 읽고 싶은 책만 소장하고 있다. 왜? 나의 서재는 도서관이니까.

　자료를 관리하다가 행사 준비를 하면 컴퓨터 앞에서 하루 종일 벗어나지를 못할 때가 있다. 행사 계획서를 작성하고, 행사에 필요한 물품과 상품을 검색하여 품의 작성하고, 행사 안내용 포스터를 예쁘게 만들기 위해서 몇 시간 공을 들여서 완성. 기안 올리다가 시스템 오류로 작성하던 공문이 다 사라지는 경우도 있다. 다시 처음부터 기안문을 작성해야 된다.

　도서 구입 시기가 오면 희망신청서를 보고 우리 학교에 소장 여부를 검색하고, 미소장일 경우 온라인 서점에서 검색하여 구입할 만한 책인지를 체크해둔다. 추천도서 목록을 보고 소장 여부 검색하고, 미소장일 경우에 구입할지 말지…. 이런 식으로 엑셀 파일과 학교 자료 검색, 온라인 서점을 띄워놓고 왔다 갔다 하다 보면 순간 정신이 멍해진다. 그렇게 며칠 작업하면 목록이 완성된다. 그때 신청 시기를 놓쳤는데 꼭 보고 싶은 책이 있다며 희망신청이 들어온다. 그럼 다시 검색 시작이다.

　책쓰기 동아리 결과물을 책으로 제작하기 위해서 편집을 해야 한다. 학생들이 빨리 제출하면 검토할 시간이 넉넉할 텐데, 다들 마감 시간이 되어야 제출한다. 그러다 보니 하루에 검토할 분량이 책 한 권 분량이다. 편집 작업을 할 때면 하루 종일 한글 파일을 들여다보며 오탈자를 찾고 수정한 후 책 표지 및 목차를 작성하여 책 형식으로 만든다.

　이런 업무를 하다 보면 어느 순간 눈이 뻑뻑해지며 앞이 뿌옇게 보이고, 거북목 자세로 컴퓨터를 하고 있다는 것을 알게 된다. 아차! 싶어서 자세를 바르게 하려고 하고, 목 운동을 하고 물을 마시지만 이미 눈은 건조해졌고, 목은 단단하게 굳어 있다.

　일을 하며 느낀 점은 생각보다 체력이 필요한 직업이라는 것이다. 나이가 들면서 학교 교과과정에 왜 체육이 있는지 알게 되었다. 무슨 일이든 건강이 기본이 되어야 된다. 20대와 30대까지는 기본 체력으로 버텼지만 30대 후반이 되니, 점점 체력이 소진됨을 느껴서 근력을 키우고, 요가와 필라테스를 통해 굳은 몸을 풀어주고 교정을 하고 있다. 내가 좋아하는 일을 하는데, 체력이 부족하여 가로막히는 일은 피하고 싶다.

책, 읽어야 하나요?

【 김승수 】

"선생님은 이 책 읽어보셨어요?"

학교도서관에서 근무하면서 자주 듣는 말이다. 학생들은 궁금해한다. 내가 이 책을 읽었는지 안 읽었는지. 처음 이 질문을 받았을 때는 당황스러웠다.

"어? 어… 아니. 안 읽었는데… "

"그럼 선생님은 도서관 책 얼마만큼 읽어보셨어요?"

"어? 어… 많이 안 읽었는데…." (긁적긁적)

이런 질문을 여러 번 받고 나니 청소년 책을 많이 읽어봐야겠다는 생각이 들었다. 고민을 공유하던 사서 선생님들과 함께 소모임을 만들어 한 달에 한 권 청소년 책 읽기를 실천했다. 열심히 읽어봤지만, 그해 구입하는 신간 도서를 다 읽기에는 시간이 턱없이 부족했다.

'열심히 읽는다고 해결될 일이 아니구만!'

시간이 가니 조금씩 뻔뻔… 아니, 연륜이 쌓이기 시작했다.

"선생님, 이 책 읽어보셨어요?"

"아니, 그런데 너와 같은 취향을 가진 친구들이 재미있다고 하더라. 취향이 비슷하니 너도 재미있게 읽지 않을까 해서 추천하는 거야."

"선생님, 도서관 책 다 읽어보셨어요?"

"아니, 하지만 책 표지와 서평은 정말 많이 본단다. 그리고 도서관을 오고 가는 친구들한테 책 이야기도 많이 듣지. 너도 재미있게 읽은 책 있으면 말해봐. 너와 비슷한 취향을 가진 친구들에게 소개해주고 싶은 책 없었어?"

매년 무수히 많은 책이 출간된다. 이 책을 다 읽을 수도 없거니와 파악하기도 힘들다. 사서교사이기에 책을 추천해줘야 하는 경우가 많다. 도서관을 찾는 학생들은 재미있는 책을 추천해달라고 자주 요청한다. 교사들도 다양한 상황에 따라 필요한 책을 추천해달라고 요청한다. 욕을 많이 하는 학생이 읽으면 좋은 책, 친구 관계를 힘들어하는 학생에게 도움을 주는 책, 독도 교육·다문화 교육 등 다양한 교육활동에 적합한 책 등. 그러니 책을 손에서 놓을 수가 없다. 다만 매번 직접 읽은 책을 추천해주기는 힘들어서 여러 기관의 추천 도서 목록을 활용하거나 인터넷 서점의 책 소개와 목차를 살펴보고 잭을 추천한다. 직접 읽은 책이 아니라 혹시 적절하지 않은 책이 있지 않을까 걱정되기도 하고, 읽지 않은 책을 추천하는 것이 양심에 찔리기도 했었다. 하지만 이제는 이 정도도 괜찮지 않을까 생각한다.

실제 다독하는 선생님 앞에 서면 부끄럽기도 하고 고개가 숙여질 때도 있다. 하지만 책을 많이 못 읽는 만큼 책 관련 정보에 민감하려고 노력한다. 실제로 누구보다 다양한 책 정보에 항시 노출되어 있기도 하다. 『책Chaeg』, 『학교도서관저널』 등 책을 소개하고 출판정보를 담고 있는 정기간행물을 탐독하고, 온−오프라인 서점을 수시로 방문한다. 다양한 독서 연수에 참가한다. 도서관에 근무하다 보면 책을 좋아하는 사람들이 찾아와 많은 이야기를 들려준다. 필요한 도서 목록을 만들기 위해 동료 사서교사에게 정보를 요청하거나 '국립중앙도서관 사서에게 물어보세요', 책따세, 물꼬방, 학교도서관저널 등 여러 독서 관련

단체에서 제공하는 도서 목록 등 책 정보 인프라를 갖추고 있다. 직접 읽은 책만큼 자신 있게 추천할 수는 없지만, 최대한 이용자의 요구에 적합한 도서를 제공하기 위한 여건을 갖추고 있는 셈이다.

그럼, 여기서 다시 한번 질문해보고 싶다.

"책, 읽어야 하나요?"

"그럼요. 당연히 읽어야지요!"

책 읽기의 목적은 학생에게 책을 추천하기 위해서도, 적절한 도서 목록을 제공하기 위해서만도 아니라는 생각이 들었다. 책 읽기는 책을 사랑하는 마음이다. 도서관에 근무하고 있다면, 사람들이 책 읽기를 바란다면 나부터 책을 진심으로 사랑해야 한다. 책을 몇 권 더 읽고 안 읽고의 문제가 아니라 책을 진심으로 사랑하는 마음이 이용자의 마음에 가 닿는 거다.

사실 나는 책을 많이 읽는 사서교사는 아니다. 주변 선생님들이 책 안 읽는 사서교사라고 타박하며 놀린다. 하지만 딴에는 책을 읽으려고 노력하고 있다는 사실!! 오늘도 한 권의 책이 내 책상 위에 올려져 있다.

나를 비롯해 모든 학생, 교사가 책 읽기를 꿈꾼다. 책에 대해 알면 알수록 책에 대한 사랑이 샘솟는다. 내 곁의 모든 사람이 나와 같은 마음을 갖게 되기를….

나오며

개학을 앞두고 새로운 마음으로 서가를 정리하며 찬찬히 책을 살펴봅니다. 청구기호 순으로 정리하면서도, 눈에 잘 띌 수 있도록 북큐레이션도 하고 별치 공간도 구성하면서 아이들 눈길이 한번이라도 닿기를 바랍니다.

몇 년 전 학부모 독서회에서 함께 읽었던, 조선시대 선비 이덕무와 그의 벗들에 대한 이야기 『책만 보는 바보』에 다음과 같은 구절이 있습니다.

이 방의 문고리를 잡을 때마다 나는 늘 가슴이 두근거린다. 방에 들어서는 순간 등을 보이며 가지런히 꽂혀 있는 책들이 모두 한꺼번에 나를 향해 눈길을 돌리는 것만 같다. 눈과 눈이 마주치는, 책 속에 담긴 누군가의 마음과 내 마음이 마주치는 설렘. 보풀이 인 낡은 책장은 내 손길을 기다리고 있는 듯하다.

이 구절을 읽는 순간, 조금 미화해보자면 출근하는 우리의 모습이 겹쳤습니다.

'아, 내일 아침 출근하기 싫다.'

'방학은 며칠이나 남았지?'

잠들기 전 방학을 손꼽아 세어보면서도 매일 아침 학교도서관 문을 여는 순간은 늘 기분이 좋습니다. 잉크 냄새도 좋고 가지런히 꽂힌 책을 보면 마음이 그새 편안해집니다. 책이 반가운 친구라도 되는 듯 등굣길부터 책을 찾아 도서관으로 발걸음을 재촉하는 자칭 단골 학생들을 보면 절로 미소가 지어집니다. 천생 책밥 먹고 살아야 하는 사서교사인 모양입니다.

학교도서관은 운동장만큼이나 역동적인 곳이라고 시작하는 글에서 소개했습니다. 서가에 꽂힌 책 속에는 세상의 수많은 문화와 역사, 사랑, 모험, 기쁨과 슬픔, 도전과 실패가 담겨 있습니다. 때로는 조용히 혼자 서가에 기대어 읽는

　　　　　　　　　　　　　나오며

한 편의 글에서 시대와 공간을 거슬러 역동적인 삶을 만나게 되고, 때로는 조잘조잘 나누는 책 수다 시간에 깊이 있는 생각의 확장을 경험하게 됩니다. 이렇게 책을 통해 아이들은 또 다른 세상과 이어지고 있습니다. 한 권의 책을 읽는다고 한순간에 변화할 수는 없지만, 티끌 같은 시간이 모여 성장하며 다채로운 꿈을 꾸게 되겠지요. 그 작은 순간순간을 만나게 해주고자 하루하루를 보냅니다.

십 대 학생들이 가장 많은 시간을 보내는 곳은 학교입니다. 교실에서 다양한 지식을 얻는 데 더해 복도나 화장실에서도 세상을 배웁니다. 그 속에 학교도서관도 크게 자리 잡고 있습니다. 도서관은 교실도 아니고, 독서실도 아닙니다. 책을 보관하는 창고는 더더욱 아닙니다. 누구에게나 활짝 열린 학교 속 정보 문화 교육 공간이자 힐링 공간입니다. 말하고 보니 너무 거창해 보이나요? 무엇보다 교육공동체 모두에게 '행복한 공간'으로 다가가고자 성장하고 있는 공간임에는 분명합니다.

느리지만 꾸준히 사서교사의 수는 늘어나고 있습니다. 그에 따라 학교도서관도 풍성한 모습으로 변화하고 있습니다. 다양한 독서 프로그램과 책을 매개로 한 활동, 수업으로 한 걸음 더 가까이 다가가고 있습니다. 여름엔 에어컨 빵빵하고, 겨울에는 따뜻한 곳에서 책 대출 반납만 하는 편한 사서교사가 아니라 오늘도 수서–대출 반납–자료관리–수업–프로그램 기획–진행을 멀티로 하는 비교과이자 범교과 교사로 열심히 뛰고 있습니다.

이 글에는 우리의 행복하고 소소한 일상, 때로는 서러움 가득한 피땀눈물의 시간이 담겨 있습니다. 조금은 낯설지만 '책과 사람을 좋아하는, 사서 고생하는 사서교사'들의 세계가 여러분께 따스한 마음으로 전달되었기를 바랍니다.

2월 어떤 평범한 날에
8인의 사서교사

나오며

사서교사의 하루
– 학교도서관에서 보낸 고요하고 왁자한 순간들의 기록

초판 1쇄 발행 2024년 2월 5일
초판 2쇄 발행 2024년 5월 27일

지은이   박미진 · 안현정 · 김다정 · 김선애 · 김승수 · 김윤화 · 문다정 · 정지원
펴낸이   문채원

펴낸곳   도서출판 사우
출판   등록 2014-000017호
전화   02-2642-6420
팩스   0504-156-6085
전자우편   sawoopub@gmail.com

ISBN 979-11-87332-96-1 03810